CÈDRE FRANÇAIS

OFFERT A LA JEUNESSE

PAR UN DES AUTEURS DE L'ALBUM PONTIFICAL

Deuxième édition

Soigneusement revue et vendue au profit de l'Œuvre de
la propagation de la Foi.

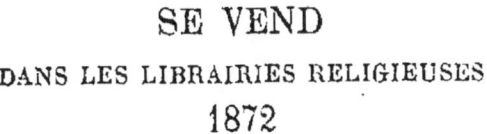

SE VEND

DANS LES LIBRAIRIES RELIGIEUSES

1872

LE

CEDRE FRANÇAIS

LE

CÈDRE FRANÇAIS

OFFERT A LA JEUNESSE

PAR UN DES AUTEURS DE L'ALBUM PONTIFICAL

Deuxième édition

Soigneusement revue et vendue au profit de l'OEuvre de
la Propagation de la Foi.

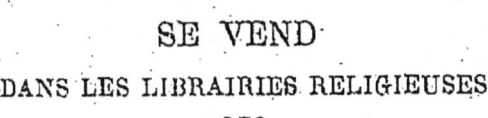

SE VEND
DANS LES LIBRAIRIES RELIGIEUSES
1872

LILLE. — IMP. DUCOULOMBIER ET Cie, RUE NATIONALE, 45.

Ce recueil émane d'une plume pieuse. L'auteur de ces poésies, puisant ses inspirations au pied du Crucifix, n'a pas sacrifié à la vaine pompe littéraire, aux faux attraits d'une forme mondaine. Non, il a suivi Notre-Seigneur au Jardin des Olives et sur la Voie douloureuse; il a exprimé avec sa foi et son amour, les souffrances du Sauveur, les mystères du Catholicisme, les leçons de l'Evangile, les amabilités de la Religion, l'efficacité de la prière; enfin il a glorifié le Symbole des Apôtres, le Décalogue, les Sacrements.

Les fidèles en général y trouveront des sujets d'édification et un aliment pour leur piété. La jeunesse des écoles y puisera d'utiles enseignements et des préceptes pour se former l'esprit et le cœur.

La pensée de l'auteur, toute désintéressée, sera comprise, et les personnes pieuses la seconderont dans le but unique d'honorer Dieu et de faire du bien.

A. P.

LE CÈDRE FRANÇAIS

Quel est ce végétal, à la sève féconde ?
Cet arbre, vers les cieux, s'élevant noblement,
Etendant ses rameaux en tout pays du monde,
De son fruit les humains sont nourris sainement.
Dans un sang précieux ce germe a pris naissance :
Du sang de nos martyrs est sorti ce trésor ;
C'est dans ton sein fécond, antique et noble France !
Pour remplir l'univers qu'il a pris son essor.
Toi qu'admirent les cieux et que l'homme vénère :
Noble champ des combats du glorieux Pothin !
Du Sauveur, sur les monts je vois régner la Mère ;
Des témoins de son Fils ton sol couvre un essaim.
Opulente cité ! le cœur croyant te nomme,
L'histoire, avec respect, s'incline devant toi ;
Orgueil de nos aïeux, pour nous seconde Rome,
Salut à tes saints murs, berceau de notre foi !
De tes productions, grandes et généreuses,
Qui fixera le nombre et dira les bienfaits
Tes légions un jour, brillantes, valeureuses,
D'un éclat ravissant reluiront à jamais,

Oh ! ce céleste fruit, de ton sol était digne :
Sur la lointaine plage il redit tes vertus,
Et sur le globe entier, pour ce bienfaits insigne,
Des cœurs reconnaissants s'élèvent les tributs.
Venant du sein de Dieu, la Charité sublime
Pour paraitre à nos yeux revêt mille couleurs
Sa douce affection, sa bienveillance intime
Nous gagnent à l'instant et calment nos douleurs :
Dans un réduit obscur elle entre à l'improviste.
Au chevet du mourant nous la voyons s'asseoir :
Sa tendre voix le plaint, sa douce main l'assiste,
Elle y vient le matin, on l'y trouve le soir.
Au fond d'un noir cachot, triste séjour des peines.
Près du mortel flétri nous la voyons voler ;
Elle tarit ses pleurs, elle soutient ses chaines,
Épuise les moyens propres à consoler.
Sur l'enfant indigent elle étend sa tendresse :
Partageant avec lui son pain, son vêtement.
Elle est l'appui des pas de la triste vieillesse,
L'assiste et la console à son dernier moment.
Pour adoucir les maux de l'horrible esclavage,
D'un pas agile et prompt elle passe les mers,
Le presse sur son cœur, ranime son courage,
Et, pour le délivrer, se charge de ses fers.
Souvent le cœur ému, l'œil humecté de larmes,
Nous suivons, nous vantons ses actes généreux ;
A son maintien si digne, à ses traits pleins de charmes,
Nous vénérons en elle une fille des cieux.
Oh oui ! nous l'avons dit, la charité modeste
Dans le sein de Dieu même a pris naissance un jour :

Ornement du foyer, l'habitante céleste
Nous esquisse un tableau de l'immortel séjour.
Ah ! nous n'avons pas vu ses plus touchantes grâces,
Nous ignorons encor ses plus brillants travaux :
Suivons-la franchissant d'incroyables espaces,
Acceptant, recherchant les plus terribles maux :
Arracher au démon ses funestes conquêtes,
Aux hommes procurer l'héritage éternel,
C'est pour ce double but que, bravant les tempêtes,
Elle apporte en tous lieux son amour maternel.
Voyez-là, débarquant sur ces arides plages
Où le païen, plongé dans la nuit de l'erreur,
A des dieux mugissants vient rendre ses hommages,
D'une idole impuissante implorer la faveur.
Ce malheureux, blasé par la molle indolence,
Abruti, dégradé, se présente à nos yeux ;
Dans la noir immondice, avec insouciance,
Il coule tristement ses instants malheureux.
Sous le toit qu'il habite ainsi que sa famille,
Ses ignobles pourceaux se viennent abriter :
Jamais un doux rayon du clair soleil n'y brille,
L'air bienfaisant et pur paraît s'en écarter.
Sur cette région, terre inhospitalière,
Il n'est pour l'étranger nul secours, nul abri ;
Son seul abord irrite, il allume la guerre.
L'étranger ? pour ce peuple il est un ennemi.
Le vieillard, accablé par le fardeau de l'âge,
De ses propres enfants se voit abandonné ;
Sans pain, sans vêtement, sur cette dure plage,
A mourir de besoin il se voit condamné !

Du malade, en ces lieux, qui dira la souffrance?
Des hôpitaux ce peuple ignore jusqu'au nom :
L'infortuné gisant, seul et sans assistance,
Gémit, appelle à l'aide. Est-il secouru? Non !
Mais de la femme, hélas ! peindrons-nous l'esclavage?
Le pitoyable sort dont elle est le jouet?
Dirons-nous les chagrins dans lesquels elle nage?
Jamais sa voix ne peut exprimer un souhait :
En arrivant au jour la triste fille d'Eve,
Sent tomber sur son front un écrasant mépris,
Au regard paternel, non rien ne la relève :
De sa fille naissante, un père fait le prix.
De son frèle berceau l'innocente victime
Passe aux mains du mortel qui devient son époux,
Non par société douce, honorable, intime
Comme au pied des autels elle s'ouvre chez nous;
D'un despote barbare elle est la vile esclave ;
Il a compté le prix de sa propriété;
Désormais son tyran, il peut, sans nulle entrave,
La garder, la nourrir en sa société.
Il peut la repousser et l'abandonner même;
Si bon lui semble, il peut de ses jours disposer,
L'infortunée, hélas ! dans ce péril extrême,
Par un mot négatif n'oserait s'exposer.
Elle sent retomber sur sa frèle personne
Tout le poids accablant du pénible labeur.
Quand son barbare époux si brusquement ordonne,
Lui-même du repos savoure la douceur.
Trop souvent un objet de mépris et d'insulte
Pour les fils orgueilleux qui lui doivent le jour,

La mère infortunée, en cette affreuse lutte,
Doit dévorer l'affront que grossit son amour ;
Et, dans un sort si triste, elle s'estime heureuse,
Quand, après de longs jours passés dans le labeur,
Elle n'est pas réduite à la fuite honteuse
Et, dans le fond des bois, à mourir de douleur.
Mais ses travaux ont-ils avancé sa vieillesse,
Un mal long et cruel a-t-il heurté ses traits ;
Son inconstant époux, sans honneur ni tendresse,
Veut d'un nouvel hymen savourer les attraits.
Ce sont là les raisons les plus impérieuses
Qui, pour le plus souvent, la chassent du logis :
Cédant aux passions terribles, furieuses,
Pour jamais son époux l'éloigne de ses fils.
L'enfant, le jeune enfant qui, par son innocence,
Sa candeur et sa grâce éveille tant d'amour !
Quel est son sort funeste en ce lieu de licence ?
Doit-il, victime aussi, succomber à son tour ?
O tendre et cher enfant ! que ton histoire est triste !
Qui pourra, sans pleurer, nous dépeindre ton sort ?
Le cœur retient la main et la plume résiste,
Notre oreille frémit et ce n'est point à tort :
Dans cette hutte obscure un enfant vient de naitre,
La nature a, sur lui, placé l'infirmité ;
Il est difforme, enfin dès qu'on le voit paraître,
Il est de la famille à l'instant rejeté.
Un enfant sans défaut vient-il grossir le nombre
De ce foyer déjà pourvu de deux ou trois ?
Non loin de son berceau murmure une voix sombre,
Et l'enfant dans ces lieux ne parait pas deux fois.

Un autre arrive enfin au sein de la famille ;
A cet être innocent que peut-on reprocher ?
Le regard paternel en lui voit une fille,
A la vie, à l'instant, il viendra l'arracher.
Par quels moyens, bon Dieu ! ces cœurs impitoyables
Se délivreront-ils de ce fruit précieux ?
Voyez-les, côtoyant les fleuves admirables
Dont la bonté divine a décoré ces lieux ;
C'est là que, de leurs bras, ils lancent ces victimes ;
Là leur œil sec et dur les regarde mourir !
Lorsque sont consommés ces effroyables crimes,
D'un pas tranquille et lent on les voit revenir.
Ce père prend son fils, l'expose sur la voie ;
Les cris de cet enfant n'émeuvent point les cœurs ;
Le chien, le vil pourceau partagent cette proie !
Le soleil chaque jour voit cent fois ces horreurs!!!
Voyez-la cette mère apprêtant un breuvage
Dont le mortel effet va lui ravir son fruit :
Avec un flegme horrible elle a l'affreux courage
De donner la boisson, et le trépas s'ensuit.
Cet autre, moins cruelle, est à l'excès cupide :
Pour vendre lâchement le fruit né de son sang,
Je la vois dans ses bras portant d'un air stupide,
Ce précieux dépôt au plus ignoble rang.
Notre cœur se révolte à ce trafic infâme !
Oui, pour le plus vil prix ce marché se conclut ;
Tout est sacrifié : l'esprit, le corps et l'âme,
Le sordide intérêt, voilà l'unique but.
Oh ! de la charité là c'est le grand théâtre ;
Ces lieux sont, sur tous points, dignes de son labeur ;

C'est sur ce sol brûlant, sur ce sol idolâtre
Qu'elle présente à tous son joug plein de douceur
De la religion le ministre docile,
Pour propager la foi s'élance comme un trait;
Nous voyons, sur ses pas, briller de l'Evangile
Et la vive lumière et le touchant attrait.
Partout où du Sauveur il présente le signe,
Et de la sainte croix arbore l'étendard,
Le sol devient plus beau, l'indigène plus digne!
De cultiver la terre on approfondit l'art.
Ici se fonde un bourg, là s'élève une ville;
D'aborder son semblable on n'appréhende pas;
Grâce au labeur constant, l'agréable et l'utile
Pour le bonheur du peuple unissent leurs appas.
L'ordre, la propreté brillent dans la demeure,
Et par eux on jouit de la salubrité;
La peste fuit au loin, l'atmosphère meilleure
Est pour tous ces mortels un gage de santé.
Le vieillard goûte en paix, au sein de sa famille,
Le repos mérité par ses constants travaux;
Il voit, avec bonheur, de son fils, de sa fille
Grandir autour de lui les rejetons nouveaux.
L'œil ne voit plus ici la femme dégradée
Succombant sous le poids de fardeaux accablants,
Ou, par un Maître dur, brusquement maltraitée
Malgré ses longs travaux, malgré ses cheveux blancs:
De son époux chéri c'est la noble compagne:
Près de ce protecteur elle est en sûreté;
Ses égards sont constants, la foi les accompagne:
Il partage sa peine, il soigne sa santé.

Mais qui donc la relève et la réhabilite ?
C'est la Vierge féconde honorée en ces lieux :
La Mère du Sauveur, la fleur israélite
Leur acquiert de ses droits ces bienfaits précieux.
Sur l'enfant que le Ciel confie à sa tendresse
Le père a constamment le regard attaché,
Jamais dans son état, jamais dans sa détresse,
D'avoir un fils de plus son cœur ne s'est fâché.
Ce précieux dépôt est sa grande fortune,
A le bien élever sont consacrés ses soins :
De son cœur jeuné encore il bannit la rancune,
Et des nécessiteux lui montre les besoins.
C'est qu'en ce fils si cher il voit l'âme immortelle,
Prix du sang précieux versé par le Sauveur ;
Il veut lui procurer, de la gloire éternelle,
La bienheureuse paix, l'ineffable douceur.
O vous, chrétiens pieux ! de cette œuvre admirable,
Par vos dons généreux, les solides soutiens,
Des bienfaits si touchants d'un labeur incroyable
Souffrez, pour un instant, les simples entretiens :
Voyez-les ces héros qui bravent la tempête,
D'un hémisphère à l'autre on les voit s'élancer ;
Ils volent ardemment de conquête en conquête,
Dans les champs du Seigneur il vont ensemencer.
Des millions d'enfants, par l'onde baptismale,
Renaissent à la grâce, exaltent ses douceurs ;
Pour couronner en eux la candeur virginale,
Dieu, dans ses saints parvis, les réunit en chœurs.
De l'Evangile saint la lumière céleste
Fait éviter l'écueil et vient montrer le port ;

Elle arrache au danger imminent et funeste
Le triste peuple assis à l'ombre de la mort.
Là, du pauvre orphelin, repoussé par son père,
L'oreille charitable entend les cris touchants ;
Une main secourable accueillant sa misère,
Ouvre, pour l'abriter, ses établissements.
De la Religion qui l'arrache au naufrage
Cet enfant puise là les principes pieux ;
Ils réforment son cœur, ils croissent avec l'âge.
Leur observation lui mérite les cieux.
Dans cet asile saint, l'indigente vieillesse
Trouve, pour ses besoins, un secours protecteur :
Le toit, les aliments dont manque sa détresse,
D'un repos nécessaire elle obtient la faveur.
Chrétiens de votre zèle admirez les merveilles :
C'est grâce à son pouvoir que les dogmes divins
Ont, des païens surpris, enchanté les oreilles
Et, de ces cœurs pervers, fait un peuple de saints.
Ce n'est pas seulement des fers de l'esclavage
Qu'ici vous arrachez des êtres malheureux ;
Des démons conjurés vous déjouez la rage,
Vous renversez enfin leurs projets désastreux.
Vous ne revêtez pas seulement l'indigence,
Pour éloigner le froid de ses membres transis,
Mais vous donnez à l'âme un manteau d'innocence ;
De Dieu, sur tous les points, vous annoncez le Fils.
Vous ne consolez pas seulement la misère
En rompant avec elle un pain matériel ;
Par la sainte parole et l'ardente prière,
Vous tracez, à ses yeux, le vrai chemin du Ciel.

Oui, chrétiens généreux, dans la cité des anges,
Un jour avec bonheur, comptant vos légions,
Vous unirez vos voix à ces douces phalanges.
Vous cueillerez les fruits de vos généreux dons.
Que dis-je? attendrez-vous cette heure solennelle?
Est-il d'ingratitude au céleste séjour?
Seriez-vous oubliés dans la gloire éternelle?
Vous avez envoyé dans cette heureuse cour
Des millions d'habitants qui devant Dieu vous nomment.
De leur dette envers vous ils veulent s'acquitter;
Votre intérêt les touche et vos maux les étonnent;
De vos têtes leurs vœux voudraient les écarter.
Oh! donnez de bon cœur, votre modique offrande;
A l'œuvre du Seigneur concourez ardemment;
Ce denier de la veuve un Dieu vous le demande.
Pour vous, dans ses trésors, il puise largement.
Pourriez-vous redouter que vos dons charitables
Au faste, au luxe vain pussent être employés?
Que, pour servir enfin de délicates tables,
Vos pieux capitaux dussent être envoyés?
Que vous connaitriez peu les fils du divin Maitre
Leur zêle, leur attrait pour la privation :
L'unique ambition du véritable prêtre,
C'est de gagner les cœurs à la Religion :
Tandis que de l'erreur le ministre cupide
A grossir son trésor apporte tous ses soins,
Qu'en tout du confortable il se déclare avide,
Qu'il ne souffre chez lui ni douleurs, ni besoins
Que ses nombreux enfants, que son heureuse épouse
A le traiter au mieux sont sans cesse occupés,

Dans son ambition fanatique, jalouse,
Ses nouveaux convertis sont par lui bien comptés.
De sa religion recherche-t-il la gloire ?
A ses rares brebis parle-t-il de salut ?
Pour ce nouveau Calvin c'est la moindre victoire ;
Il est tout absorbé, mais dans un autre but.
S'il compte avec grand soin ses nouveaux prosélytes,
Un sordide intérêt l'y pousse constamment.
Il les réunit tous comme ses satellites,
Pour chacun attendant un large émolument ;
Les fruits de ses travaux sont payés tant par tête :
Chaque fois qu'atteignant le but de ses efforts,
Pour sa religion il fait une conquête,
Une somme importante augmente ses trésors.
Les brebis que conduit ce pasteur mercenaire
Par une épidémie arrivent au trépas ;
Près d'elles se rend-il à leur heure dernière ?
Il est époux et père, il ne s'expose pas.
Si la peste sévit près de son voisinage,
Au loin, avec les siens, promptement il s'enfuit :
Des prêtre de Luther c'est la conduite sage,
Le zèle qui les pousse et le jour et la nuit.
Le disciple du Christ, en quittant sa patrie,
En volant sur les pas du glorieux Xavier,
De biens, d'honneurs humains ne sent jamais l'envie ;
Sa fortune à lui-même il la laisse au foyer.
Le plus souvent doué d'un talent remarquable,
Fruit d'un labeur constant et par Dieu couronné,
Son zèle courageux, ardent, infatigable,
Sans ostentation, a tout abandonné

1*

Muni d'un crucifix, d'un modeste bréviaire,
Non paré, mais couvert d'un simple vêtement,
Il part, son cœur pieux commence une prière
Qui doit se terminer à son dernier moment.
Il ne demande rien pour solde de ses peines,
Il ne veut ni trésor, ni consolation ;
Par lui-même exilé sur ces immenses plaines,
N'aimant et n'épousant que la Religion.
Voyez-le, voyez-le, traversant cet espace,
Gravissant la montagne, affrontant le danger,
Les neiges, les frimas, rien n'arrête, ne lasse
Les pas du bienfaisant et pieux étranger.
Où va-t-il? Quel est donc le but de son voyage ?
Il va de l'Evangile annoncer le bienfait ;
Pour cela de l'enfer il bravera la rage ;
Il sème et le surplus c'est le Ciel qui le fait.
Missionnaire, il va donner le saint baptême
A l'enfant par son père en naissant rejeté :
Souvent, pour le sauver, il s'expose lui-même :
Il ne veut de repos que dans l'éternité.
Où va-t-il donc encore en grande diligence ?
Là-bas règne une peste, un mal contagieux ;
Les malheureux atteints, seuls et sans assistance,
Sont jetés au trépas dans un champ spacieux.
L'envoyé du Seigneur va, par son ministère,
Soulager, consoler ces mortels affligés,
De ces lieux désolés respirer l'atmosphère,
Mais, par ses soins touchants, que de cœurs sont changés!
Succombant de fatigue après un grand voyage,
De généreux efforts, de pénibles travaux,

Sous un toit demi-joint, sous un simple feuillage,
Souvent sur le sol froid il prendra son repos.
Les aliments qu'il doit à vos soins charitables
Et pour lesquels son cœur vous est reconnaissant,
Seront-ils abondants, variés, confortables?
Oh! le Missionnaire en voudrait-il autant?
Il vous bénit souvent, non pour le pain qu'il mange:
Il est trop pauvre, hélas! pour se nourrir de pain,
Mais pour les aliments d'une saveur étrange
Que dans le fond des bois il accorde à sa faim.
De l'apôtre du Christ qui dira la souffrance?
Chassé, proscrit, traqué comme un vil criminel,
Souvent pour visiter ses brebis sans défense,
Il part seul, sans appui, se confiant au Ciel.
Les ténèbres des nuits protègent son voyage;
Il foule de ses pieds les cailloux anguleux;
Assailli trop souvent par un terrible orage,
Il s'expose aux dangers d'un précipice affreux.
Par des païens cruels, furieux, redoutables,
Plus terribles pour lui que les tigres des bois,
Il est cerné, saisi, des chaines effroyables
Enlacent doublement le captif de la croix;
Il est alors conduit au tribunal inique,
Là, le juge indolâtre entame son procès.
Condamner sa victime est son désir unique.
Il commence, assuré du plus entier succès.
Pour la captivité, l'exil ou le supplice,
Sort bientôt de ces lieux le courageux soldat:
C'est pour son cœur pieux un bonheur, un délice,
Comme un triomphateur il s'élance au combat.

La lourde cangue alors, les fers de l'esclavage
Courbent du confesseur les membres valeureux ;
Si le bourreau sur lui doit épuiser sa rage,
Le martyr est enfin au comble de ses vœux :
Oui, pour tous ses travaux c'est la plus belle palme,
Le souhait le plus vif de son cœur de héros ;
C'est le don que toujours sa prière réclame,
Ce bonheur pour jamais assure son repos.
Quand le sang du martyr a baigné cette terre,
Quand son dernier soupir ici s'est exhalé,
Ardente vers le Ciel s'élève une prière,
Et Dieu prend en pitié ce peuple désolé.
De l'Europe à l'instant les apôtres surgissent,
Sur la sanglante trace il prennent leur essor,
De ces lieux délaissées les peuples qui gémissent,
Avec enthousiasme accueillent ce trésor.
Des chrétiens, sur ce sol, on voit grossir le nombre,
C'est qu'un sang généreux vient de le féconder ;
Satan voit dans ces lieux son empire si sombre
Par la main du Très-Haut chaque jour s'ébranler.
De notre part cette œuvre est toute expiatoire :
Nos obscènes écrits ont obcurci la foi,
Laissant tracé partout, hélas! dans notre histoire,
Oubli du Créateur et mépris de sa loi.
C'est pourquoi propageons sur la terre étrangère
Cette Religion qui s'affaiblit chez nous;
Arborons de la croix l'étendard tutélaire
Chez ces peuples changés qui tombent à genoux.
Amenons au Sauveur ces masses d'idolâtres,
Ils dédommageront son cœur brûlant d'amour

Des froideurs, des dédains dont nos cœurs opiniâtres
Jusqu'à satiété l'abreuvent chaque jour.
D'infidèles captifs voyez la multitude
Vous appeler à l'aide et vous tendre les bras;
Français au cœur si bon! plein de mansuétude,
Rendez-vous à ces cris, ne les repoussez pas:
Vous pouvez, par vos dons, préserver du naufrage
Ces malheureux assis à l'ombre de la mort,
Leur procurer un jour le divin héritage:
En vos mains le Seigneur a mis les clés du port.
Voyez de ces enfants les tribus innombrables
Implorer, par leurs pleurs votre compassion,
Vous pouvez à leurs maux vous rendre favorables
Et diriger leurs pas vers la sainte Sion.
Sur ces pauvres enfant, ces frêles créatures,
Vous ne dédaignez pas de jeter un regard;
Vous versez sur leur front les ondes saintes, pures;
Du bonheur éternel ils vous doivent leur part.
Oui, nous propagerons l'œuvre de l'Evangile,
Nous étendrons au loin le règne du Sauveur:
A l'appel de sa voix tout nous devient facile.
Du joug divin Maître annonçons la douceur.
O mon Dieu! tu la vois la France très-chrétienne
Prodiguer pour ton règne et ses fils et son or;
Le plus pur de son sang, sur la terre païenne,
Il se verse en ton nom, et c'est là son trésor.
Seigneur, tu béniras cette œuvre apostolique,
Cette œuvre que ton Fils commença parmi nous;
De l'Eglise éplorée axauce la supplique,
Les vœux que ses enfants t'adressent à genoux.

Bientôt, majestueuse en tous les lieux du monde,
Ta Religion sainte entonnera ses chants;
Elle triomphera du paganisme immonde,
A son char fixera tous les peuples croyants.
Oui, de la sainte Eglise, ô France, fille aînée!
Toi son plus doux espoir, son plus ferme soutien;
Tes enfants, tes trésors, à cette Mère aimée
Tu prodigueras tout. Royaume très-chrétien,
Courage! persévère en tes efforts sublimes;
Fais rentrer au bercail les brebis du Sauveur,
Et, sur le globe entier, jusqu'aux plus hautes cimes,
L'œil ne verra bientôt qu'un troupeau, qu'un pasteur.

UNE JOURNÉE DU SAUVEUR

EN DIX-HUIT TABLEAUX

PREMIER TABLEAU

JÉSUS AU JARDIN DES OLIVES

Jésus, accompagné de onze amis fidèles,
Au lieu de ses douleurs se hâtait d'arriver ;
Il s'avance au-devant d'un peuple de rebelles :
Dans sa mansuétude il vient pour le sauver.
De Josaphat bientôt ils ont atteint la plaine,
Où le Sauveur un jour reviendra triomphant.
La douleur et l'amour dont son âme était pleine
Il les peint à grands traits dans un discours touchant:
« Mon cœur est accablé d'une extrême tristesse, »
Leur dit-il, « et mon âme est réduite à la mort :
Demeurez avec moi, veillez, priez sans cesse.
De votre amour au moins j'attends ce faible effort. »
Puis, sur le sol qu'Adam vint baigner de ses larmes,
Le Fils du Dieu Très-Haut vient répandre des pleurs.

Veiller, prier toujours voilà ses seules armes
Pour vaincre et terraser de poignantes douleurs.
Seul avec son effroi, son angoisse terrible,
Le Sauveur lève au Ciel des regards éperdus ;
Là d'un juge irrité la justice inflextible
Veut, sur l'humanité venger ses attributs.
Autour de lui, plongés dans un sommeil stupide,
Ses amis à son sort semblent l'abandonner :
Troupeau pur, innocent, mais peureux et timide,
Et fuyant le péril qu'il n'ose détourner.
Jésus voit des mortels la froide indifférence
Mépriser, dédaigner de son amour l'ardeur ;
De tant de maux divers la nombreuse affluence
En flots tumultueux s'amoncelle en son cœur.
Le sang qu'il réunit, s'ouvrant mille passages,
Couvre son corps divin sur le sol allongé !
Ses regards, obscurcis des plus sombres nuages,
Versent des pleurs sanglants ; son être est partagé :
L'homme voudrait de lui détourner le supplice ;
« O mon Père ! à vos pieds contemplez votre égal !
Du Fils qui vous est cher éloignez ce calice !
Soustrayez-moi, mon Père, à ce trépas fatal !
Que ma soumission cependant soit parfaite,
Malgré l'effroi terrible où mon cœur est plongé.
Que votre volonté, non la mienne, soit faite. »
Soulevant le fardeau dont il se voit chargé,
Ce doux Sauveur répond à l'envoyé céleste,
En recevant de lui le calice et la croix ;
De la tristesse encor son front conserve un reste.
Mais son cœur, plein d'amour, vient d'arrêter son choix.

DEUXIÈME TABLEAU

JÉSUS TRAHI ET LIVRÉ

D'un pas ferme, au devant du diciple perfide,
Jésus, sans hésiter, s'avance le premier.
Renversée à sa voix, cette troupe timide,
Sans sa permission ne le saurait lier.
Mais son heure a sonné, par sa toute puissance
Il guérit un soldat que le glaive a frappé.
A Judas le Sauveur vient d'offrir sa clémence :
« Mon ami, dit Jésus, l'intérêt t'a trompé :
Par un cruel baiser tu veux trahir ton Maître !!!
Est-ce pour ce forfait qu'ici tu t'es rendu ?
Il voudrait rallumer dans l'âme de ce traître,
Le feu du saint amour que son cœur a perdu.
Mais n'entendez-vous pas, de cette horde impure,
Les cris séditieux et les éclats bruyants ?
Ce ramas, sur Jésus en vomissant l'injure,
Remplit l'air de propos horribles, effrayants !
Ses diciples peureux, à l'instant se dispersent ;
Par d'ignobles archers Jésus est maltraité :
Dans le Cédron fougueux ces monstres le renversent ;
Il souffre et de son Père il fait la volonté :
« Au chemin des douleurs, dit de Dieu l'interprète,
Il se raffraîchira dans l'onde du torrent,

1**

Et ce soulagement relèvera sa tête. »
Jésus vient d'accomplir cet oracle à l'instant.
Venez, mortels guéris par sa toute puissance,
Boiteux qu'il redressa, malheureux qu'il soutint.
Pécheurs dont le retour doit tout à sa clémence,
Vous dont à la lumière il ouvrit l'œil éteint,
Et vous que de la tombe il rendit à la vie :
Venez voir, aux reflets vacillants du flambeau,
Souillé, meurtri, frappé par des loups en furie,
Le Sauveur, à pas lents, se rendant au tombeau !!!
Mais loin de délivrer leur adorables Maitre,
Ces ingrats qu'il combla de ses bienfaits touchants,
Au jour de ses douleurs semblent le méconnaître
Et vouloir de sa vie abréger les instants.
Dieu Très-Haut, de tes pas nous vénérons la trace,
Nous unissons nos maux à l'immense douleur
Qui se peint, ô mon Dieu, sur ta divine face.
Avant d'être mon Juge, ô Christ, sois mon Sauveur.

TROISIÈME TABLEAU

JÉSUS INSULTÉ PAR CAÏPHE

Debout, pâle et défait, le Maître de la terre,
Au pied du tribunal d'un mortel orgueilleux,
Est traduit, accusé par l'homme téméraire.
Il est traité de fourbe et de séditieux.
Un vieillard en courroux, au regard formidable,
Anne, adresse à Jésus ces propos insultants:
« Où donc est ton royaume, imposteur méprisable !
Tes disciples soumis, tes nombreux adhérents?
Dis-nous, agitateur ! quelle est ton origine ?
Qui t'a donné le droit d'enseigner en ces lieux ?
Tu veux donner des lois? Dis, quelle est ta doctrine? »
Le Sauveur jusque-là resté silencieux,
Lève alors un instant sa tête fatiguée ;
A son Père il doit rendre un hommage complet:
« Que m'interrogez-vous? la foule est enseignée ;
Je parlais en public et jamais en secret ;
Adressez-vous à ceux qu'instruisait ma doctrine ;
Ils m'ont tous entendu, voyez, ils sont ici. »
Un serviteur brutal, que la haine domine:
« Au Grand-Prêtre, dit-il, peux-tu répondre ainsi ! »
Abordant le Sauveur, ce cruel a l'audace
D'appliquer, sur sa joue, un infâme soufflet!!!

Ciel! vis-tu donc ainsi traiter l'auguste face!
Mais Jésus s'adressant à l'insolent valet :
« Si j'ai mal répondu, rendez-en témoignage,
Mais si j'ai bien parlé, pourquoi me frappez-vous ? »
Des bourreaux sa douceur aiguillonnait la rage ;
A d'autres tribunaux il marche sous leurs coups.
Au milieu des clameurs on entre chez Caïphe ;
Les iniques témoins accablent le Sauveur :
« Quel est-il ? d'où vient-il ? demande le Pontife.
A ces témoins réponds, coupable séducteur ! «
Mais Jésus, pour prouver sa parfaite innocence,
Reste silencieux ainsi qu'un pur agneau.
Le Grand-Prêtre, à l'aspect de tant de patience,
Se livre à la fureur et reprend de nouveau :
« De par le Dieu vivant, réponds-moi, je t'adjure !
Serais-tu le vrai Christ? le Fils de l'Eternel ? »
A ces mots, sur tous points, au plus bruyant murmure,
Succédait un silence éloquent, solennel !
Puis, avec majesté, le Verbe de Dieu même
Fait ouïr un accent grave et plein de douceur ;
Tout l'enfer l'entendit et son dépit extrême
Dans les mortels pervers se traduit en fureur :
« Tu l'as dit, je le suis dit le Maître adorable,
Et, je vous le prédis, le Fils de l'Eternel,
Pour prononcer sur vous un arrêt équitable,
Majestueux un jour redescendra du Ciel. »
A ce simple, formel et divin témoignage,
Caïphe s'abandonne à son enportement.
Le regard courroucé, la voix pleine de rage,
Il déchire, à deux mains, son riche vêtement.

« Vous avez entendu son horrible blasphème
Que vous semble ? » dit-il. Soudain avec transport
La foule a répété : « Nous l'entendons lui-même,
Sa déposition le rend digne de mort. »
Le Sauveur enchaîné, triste, accablé d'injures,
Portant sur sa personne une pourpre en lambeaux,
Sortit pour endurer de nouvelles tortures
Et se laisser conduire à d'autres tribunaux.
Mais avant de quitter cette demeure impie,
Le cœur de ce Dieu bon sent un frémissement.
Son apôtre chéri par trois fois le renie,
Ajoutant à son crime un odieux serment.
Sur ce pécheur Jésus jette un regard sévère,
Mais triste et plein d'amour, pour ramener son cœur ;
La grâce, en même temps, l'amollit et l'éclaire,
Le second chant du coq éveille sa douleur.
Pierre alors, pénétré d'un repentir immense,
Verse des pleurs amers, abandonne ces lieux.
Un Dieu bon lui rendra sa première innocence ;
Dans son cœur le pardon va descendre des cieux.

QUATRIÈME TABLEAU

JÉSUS CONDUIT A PILATE

Voyez, à l'horizon, le jour commence à poindre,
Le jour tant désiré de la rédemption.
Livrons-nous à l'espoir, terre cesse de craindre ;
Mortel, le Dieu vivant t'aime avec passion !
Vois ses bras enchaînés s'élever vers son Père,
Pour le remercier du don de ce grand jour :
On dirait qu'en tremblant la naissante lumière
Implore son pardon de ce Dieu plein d'amour.
Pour partir on s'unit, on s'apprête, on se hâte.
Le cortège, entourant le saint Agneau pascal,
L'entraîne au tribunnal du Gouverneur Pilate,
Où doit se prononcer le jugement final.
Affreusement meurtri, le Sauveur adorable,
Devant le juge, hélas ! arrive chancelant :
A l'aspect des tourments dont la foule l'accable,
Du Romain le regard paraît étincelant :
« — De quoi, cruels bourreaux, accusez-vous cet homme ?
Vous l'avez pu réduire en un si triste état ! »
Le cortége en courroux de l'entendre le somme :
« — Ecoutez nos griefs contre ce scélérat :
Devant aujourd'hui même immoler nos victimes,
Nous ne saurions franchir votre seuil trop impur ;

Si l'accusé présent n'était couvert de crimes,
Vous l'aurions-nous livré, ce vagabond obscur?
« — Prenez-le, dit Pilate, et jugez-le vous-mêmes. »
«—Nous n'avons, dirent-ils, que des droits fort restreints
Depuis que, dans Juda, les puissances romaines,
A plier sous leurs lois nous ont, hélas! contraints. »
« — De quoi l'accusez-vous? » Leur réplique le juge :
« — Il attente, en tous points, aux droits de l'Empereur;
C'est le titre de Roi qu'à lui-même il s'adjuge.
Il excite le peuple et cet agitateur
Trouble ainsi le repos du bourg et de la ville.
En guérissant des maux il viole le Sabbat.
Dimanche on lui rendait un hommage servile.
Il s'oppose à l'acquit des impôts de l'Etat. »
« — Cette accusation est assurément fausse!
Je le sais mieux que vous! » leur dit le Gourverneur.
« — Mais à César enfin cet imposteur s'oppose. »
Pilate alors, pensif, regarde le Sauveur;
Il le fait amener près de lui dans la salle;
Loin des séditieux il veut l'interroger :
Tant d'accusations lui semblent un dédale,
De cet acte il voudrait pouvoir se décharger.
Considérant Jésus avec surprise extrême :
« — Est-tu le roi Roi de Juifs, comme on le dit de toi?«
« — Réponds-moi, dit Jésus, le dis-tu de toi-même,
Ou mes accusateurs te l'ont-ils-dit de moi ? »
Le Romain, n'estimant ces bruits que pour chimères,
Fut choqué d'inpirer pareille opinion;
« — Suis-je un Juif, pour penser à de telle misères?
Entends les cris de ceux de ta religion:

A leurs griefs, dis-moi, que veux-tu qu'on réponde ?
Vois combien de délits témoignent contre toi. »
« — Mes états, dit Jésus, ne sont pas en ce monde
Autrement mes soldat seraient auprès de moi. »
« — Tu prétends être roi ? » dit le juge idolâtre.
« — Oui je le suis, » repart l'adorable Sauveur.
Et pour gagner à lui ce cœur opiniâtre,
Ce Dieu de majesté lui dit avec douceur :
« C'est à la vérité que je rends témoignage,
Et pour cela des cieux ici je suis venu ;
La vérité partout me prête son langage,
De qui l'aime mon verbe est toujours entendu, »
« — Quelle est la vérité ? » lui dit encor Pilate.
Dont le cœur criminel se sentait agité :
Et de fuir la réponse aussitôt il se hâte ;
A lui le doux Sauveur eût dit la vérité,
Mais le païen distrait, léger, plein de lui-même,
Sans écouter Jésus se retire soudain.
Cette cause, à ses yeux, était un vrai problème :
Il ne pouvait saisir le langage divin.
En rien à l'empereur celui-ci ne peut nuire,
Disait-il, en ce monde il ne veut point régner,
Et si d'un autre monde il recherche l'empire,
César n'y prétend rien, il doit le dédaigner.
Près du peuple il revient et d'une voix vibrante :
« Je né trouve aucun crime en votre prévenu. »
Mais la foule à l'instant s'irrite, se tourmente,
Son témoignage encor par elle est maintenu :
« — Comment ! votre œil en lui ne sait point voir le crime ?
N'est-ce pas un délit que d'être agitateur ?

Tout est révolte enfin dans sa fausse doctrine,
Ce fourbe la produit, il en est l'inventeur.
De Galilée ici, son imposteur langage
A cent fois soulevé la population. »
Pilate avec plaisir entend ce témoignage,
A tous ces furieux fait cette question :
« — Est-il galiléen et soumis à Hérode ? »
« — Oui, car la Galilée est son pays natal. »
Alors pour ce sujet prenez un autre mode,
Il sera plus facile, il sera plus légal :
Hérode est arrivé, conduisez-lui cet homme,
Il entendra sa cause et pourra la juger. »
D'emmener le Sauveur le Gouverneur les somme ;
De l'affront sur Jésus ils veulent se venger :
Cette troupe l'entraîne et l'accable d'insulte,
Et l'Agneau patient marche silencieux,
Sa douceur le désigne au milieu du tumulte,
Elle irrite la terre, elle étonne les cieux.

CINQUIÈME TABLEAU

JÉSUS CHEZ HÉRODE

Le voluptueux roi, sur son splendide siége,
Contemple avec bonheur l'Eternel à ses pieds ;
De Jésus son regard méprise le cortége,
Les Pharisiens fiers en sont humiliés.
Le monarque espérait de Jésus un prodige ;
Pour cela dès longtemps il désirait le voir.
Son silence obstiné le surprend et l'afflige,
Et sa curiosité ne garde aucun espoir.
Envers lui vainement il feint la bienveillance :
Il le flatte, il le loue, il le plaint tendrement ;
A sa ruse Jésus répond par le silence,
Hérode humilié s'explique longuement :
« On m'a beaucoup parlé de ta haute sagesse,
De tes nobles vertus, de tes savants discours.
De tes accusateurs désarme la rudesse,
Ta sublime éloquence est un puissant secours.
Pourquoi ne pas parler? poursuivait l'adultère.
La rougeur sur le front, le ton déconcerté,
Aux Juifs avec adresse il cachait sa colère.
Un long vêtement blanc, par son ordre apporté,
Va couvrir de Jésus les membres adorables ;
Du mépris le monarque a donné le signal.

« Où sont donc, lui dit-il tes actes admirables ?
En vérité chez toi que voit-on de royal ?
Prenez cet insensé, ce monarque risible, »
Poursuit avec dédain cet homme sensuel ;
« Rendez-lui des honneurs, il y sera sensible,
C'est plutôt, croyez-m'en, un fou qu'un criminel. »
Soudain de toutes parts les cris, les railleries,
Les outrages sanglants pleuvent sur le Sauveur :
Le juif au cœur d'airain comble d'ignominies,
De traitements cruels son divin Rédempteur.
Il le couvre de boue, il le frappe au visage
Et, par dérision, s'incline devant lui : —
« Roi des Juifs, en ces lieux accepte notre hommage ;
Toute la nation te proclame aujourd'hui. »
Hérode au Gouverneur peint sa reconnaissance
Pour l'avoir déclaré souverain de Jésus ;
Il se montre touché de cette déférence :
Il lui cède son droit et ne fait rien non plus.

SIXIÈME TABLEAU

JÉSUS COMPARÉ A BARRABAS

Le Romain sur son siége avait repris sa place,
Ses adhérants nombreux près de lui se rangeaient;
Sur le forum le peuple occupait tout l'espace,
Et sur le jugement les voix se partagaient.
Au milieu des clameurs le doux Jésus arrive,
Le manteau dérisoire aux regards l'indiquait;
La divine Marie, isolée et craintive,
Par ses pleurs abondants non loin se distinguait.
Dans son long vêtement le Sauveur s'embarrasse:
Tiré de toutes parts, poussé brutalement,
Il se laisse tomber et de sa sainte face
Le sang précieux coule, il coule abondamment.
« Comme un agitateur vous présentez cet homme,
Néanmoins devant vous l'ayant interrogé,
Je n'ai pu découvrir un crime en sa personne,
Et, comme un innocent, Hérode l'a jugé »
Leur dit le gouverneur. « Agissez sans malice ;
A vos vœux en ce jour j'accorde un prisonnier:
A l'innocent Jésus rendez enfin justice;
Voulez-vous l'élargir en cet instant dernier ?
Ou préférerez-vous Barrabas l'homicide,
Le larron consommé, l'homme séditieux ?

Entre les deux. voyons, qui votre choix décide,
Hâtez-vous, prononcez, le temps est précieux. »
Ignoble gouverneur! ton âme criminelle
A la démence entière est donc réduite enfin
Quoi! tu peux établir ici le parallèle
Entre le Dieu Sauveur et le vil assassin!!!
Au nom de Barabas, reculant d'épouvante,
Le peuple laisse voir son hésitation.
Mais les chefs furieux, en cette courte attente.
Prodiguaient les moyens de persuasion :
« Délivrez Barabas! » s'écriaient les perfides,
Et ces cris infernaux éclatent sur tous points:
Quoi! le plus criminel de tous les homicides
Se sera vu prisé plus que le Saint des Saints!!!
« De Jésus, Roi des Juifs, que faire? dit le juge.
— » Il n'est pas notre Roi. Qu'il soit crucifié! »
« Il sera flagellé, juque-là je le juge,
Après quoi libre enfin il sera renvoyé »
Tigre altéré de sang! juge plein de mollesse!
De l'innocent Jésus tu réponds fermement;
Tout en le proclamant, ton âme a la bassesse
De livrer son saint corps au plus affreux tourment!

SEPTIÈME TABLEAU

LA FLAGELLATION

Des archers de l'Egypte et du peuple la lie,
Méchants, grossiers, cruels sont les exécuteurs.
De résister Jésus ne montre nulle envie :
Ils le traînent pourtant au milieu des clameurs.
Jésus docilement, au pied de la colonne,
De ses sanglantes mains ôte ses vêtements.
Son saint corps virginal tout dépouillé frissonne ;
Des bourreaux son œil suit les affreux mouvements.
Brutalement alors on l'enlace, on le lie
Au terrrible instrument témoin de sa douleur ;
Mais qui peut exprimer la barbare furie
Des monstres déchirant l'adorable Sauveur ?
De sa tête sacrée à ses pieds vénérables
La verge sans répit frappe à coups redoublés ;
Du divin corps meurtri les membres adorables
Sont douloureusement sur tous points déchirés.
De son sang précieux la terre, hélas! s'abreuve ;
Les bourreaux inhumains en sont soudain couverts !
Son cœur souffre, gémit sous la cruelle épreuve
Et ses tristes sanglots s'élèvent dans les airs.
Sous d'innombrables coups le Sauveur adorable
Frémissait, se tordait, ainsi qu'un vermisseau !

Nulle voix ne s'unit à sa voix lamentable,
Sinon le bêlement de l'innocent agneau.
Les infâmes archers ont épuisé leur rage ;
Leurs bras sont fatigués, leurs fouets se sont rompus ;
L'enfer a suscité, du milieu de l'orage,
De nouveaux furieux, ivres et corrompus.
Bientôt du Rédempteur la personne innocente
Offre le plus frappant des émouvants tableaux:
C'est un informe amas de chair sanguinolente
S'ouvrant de toutes parts et tombant par lambeaux !
Jésus agonisant, dans sa torture horrible,
Regardait ses bourreaux de ses yeux pleins de sang!
Il semblait implorer de ce couple inflexible
La compassion tendre, étrangère à ce rang.
Alors vint à passer, sur ce sanglant théâtre,
Un jeune voyageur venant d'un lieu lointain :
A cet affreux aspect le cœur de l'idolâtre
Emu par la pitié, se révolta soudain.
Cet étranger s'élance au pied de la colonne
Et rompant le lien qui retenait Jésus :
Ah ! dit-il au bourreaux que ce spectacle étonne,
Ingrats ! sur l'innocent, hélas ! ne frappez plus. »
Le Sauveur à l'instant sur la terre s'affaisse,
Sa vie est suspendue, il baigne dans son sang!
La foule alors s'éloigne et soudain le délaisse,
Il ne trouve en ce lieu qu'un cœur sensible et franc ;
Et lorsqu'enfin debout, sur ses jambes tremblantes,
L'Agneau plein de douceur est de nouveau lié,
A travers un torrent d'injures dégoûtantes,
On entend répéter: Qu'il soit crucifié ! ! !

HUITIÈME TABLEAU

COURONNEMENT D'ÉPINES

Au milieu d'un ramas de valets misérables,
De guerriers insolents, de vagabonds obscurs,
Jésus est emmené dans ces lieux détestables;
A peine est-il couvert de vêtements impurs.
Sur un vil escabeau plaçant le divin Maître,
Ces ingrats inhumains le viennent tourmenter;
L'indécente clameur d'une milice traître
A leur rage infernale encor vient ajouter.
Bientôt, pour obscurcir les rayons de sa gloire
Et d'un profond mépris flétrir sa royauté,
Ils vont, en simulant un respect dérisoire,
Rendre un hommage impie à son autorité.
Artistement leurs mains entrelacent l'épine
Dont la pointe ensanglante et sillonne son front.
Quoi! ce cruel bandeau ceint sa tête divine!
Et c'est au Dieu puissant qu'on jette un tel affront!
Pour figurer encor son sceptre redoutable,
Un roseau frêle et vil est placé dans sa main;
On voile d'un haillon son regard vénérable
Et de cent coups cruels on le frappe soudain.
A sa face adorable on prodigue l'outrage,
De soufflets on l'accable et ces vils histrions,

De leur bouche ont osé lancer sur son visage
Un dégoûtant amas d'expectorations!!!
Et puis s'agenouillant, ces bouffons détestables
Feignent de vénérer sa sainte majesté :
Il mutilent de coups ses membres adorables,
Répétant : « Roi des Juifs, dis nous qui t'a frappé ? »
D'injures, de tourments on l'accable, on l'assiége ;
Ils font retentir l'air de leurs éclats bruyants,
Et leur audace étrange autant que sacrilège
Livre au doux Rédempteur des assauts effrayants :
Ils frappent son saint chef d'une canne cruelle,
L'épine alors s'enfonce et déchire ses yeux ;
Un flot de sang sacré abondamment ruisselle,
Son sein est embrasé des plus terribles feux,
Sa langue est desséchée et sa bouche entr'ouverte
Pour étancher sa soif ne reçoit que du sang,
Ses cheveux en son teints, sa face en est couverte ;
Il semble un malfaiteur tiré du dernier rang !

NEUVIÈME TABLEAU

ECCE HOMO

Jésus le front orné du triste diadème,
Les membres recouverts d'un ignoble manteau,
Chancelant et courbé, ne marchant qu'avec peine,
Devant le Gouverneur est conduit de nouveau.
Pilate, à cet aspect, sent s'émouvoir son âme,
L'horreur et la pitié la traverse soudain ;
Aux archers inhumains son regard peint le blâme,
Le courroux, le mépris, le plus profond dédain.
Puis au peuple assemblé sa parole s'adresse :
« Voilà l'homme ! » dit-il en indiquant Jésus.
Oh! de sa Mère ici l'ineffable tendresse,
Sous ce voile sanglant ne le connaîtrait plus !
Voilà l'homme ! Eh ! vraiment il est indispensable
D'assurer les témoins qu'un homme est devant eux :
Garde-t-il un seul trait du mortel son semblable ?
Et l'œil vit-il jamais homme plus malheureux ?
Son corps n'est qu'une plaie et livide et sanglante,
Il plonge sur le peuple un regard presqu'éteint ;
Et le roseau qu'il tient dans sa main défaillante
Peint-il le Roi puissant et le Dieu trois fois saint ?
Le Juif à cet aspect sent s'augmenter sa rage,
Sa fureur s'émouvoir et son sang bouillonner ;

Dans la foule à l'instant s'élève un grand orage ;
En vain le Gouverneur veut parler, ordonner ;
« Qu'il soit crucifié ! » dit le peuple en furie ;
« De Jésus pour jamais délivrez nous enfin !
« — Désormais de régner aura-t-il donc envie ?
Il n'a plus dans son corps un seul organe sain. »
« — Qu'il soit crucifié ! qu'on le mène au supplice ! »
« — Mais du moins quel délit contre lui prouvez-vous ?
Je n'en découvre aucun sinon votre malice ;
N'ai-je pas satisfait votre injuste courroux ? »
« — Il se dit Fils de Dieu, répondent les perfides ;
Il s'oppose à César et c'est là son délit. »
Ces méchants aveuglés, ces ingrats déicides
Menaçaient d'attaquer du Romain le crédit :
Pilate épouvanté près de Jésus s'avance :
« Es-tu le Roi des Juifs ? » dit-il avec émoi.
Le Sauveur à ces mots répond par le silence :
« Tu ne me réponds point ? » lui dit Pilate, eh quoi !
Peux-tu donc ignorer que, d'un mot redoutable,
Je pourrais de ce pas t'envoyer à la mort ?
Et que je puis encor, par un mot favorable,
Changer en liberté ton pitoyable sort ?
« — Tu n'aurais dit Jésus, nul droit sur ma personne,
Si du pouvoir divin le tien n'eût émané ;
Un tort plus grand qu'à toi ma justice le donne
A celui qui sans droit en ce lieu m'a mené. »
Une dernière fois Pilate dit aux prêtres :
« Je le répète encor Jésus est innocent. »
Mais ces cœurs pervertis, mais ces ministres traîtres
Excitent les clameurs d'un peuple trop puissant.

Soudain, de toutes parts la sombre violence
Elève un cri de mort répété mille fois :
« Pour cet agitateur n'ayez point de clémence !
Qu'il soit aujourd'hui même attaché sur la croix ! »

DIXIÈME TABLEAU

CONDAMNATION A MORT

Le Gouverneur romain, au cœur plein de bassesse,
Indécis, corrompu, téméraire, orgueilleux,
Ayant vu son vouloir, ses efforts, son adresse
Echouer au seul cri d'un peuple furieux,
Ne pouvait démêler, dans sa frayeur extrême,
Le parti décisif qu'il devait embrasser :
Vingt fois en un instant il s'oppose à lui-même
Et différents avis viennent l'embarrasser :
« Jésus est innocent, disait sa conscience,
Un soigneux examen le montre avec clarté :
Contre lui de porter une injuste sentence,
O juge audacieux ! as-tu la lâcheté ? »
« Ce Jésus est un saint, lui disait son épouse :
En songe évidemment le Ciel me l'a prouvé ;
Gardez-vous de céder à la haine jalouse

De ce peuple en courroux, à l'esprit dépravé. »
« De tes dieux reconnais l'ennemi dans cet homme,
Lui suggérait encor sa superstition ;
Tu les irrites tous en sauvant sa personne
Et sur ton front descend leur malédiction. »
Sa lâcheté disait : « Il est un Dieu lui-même.
Sur toi son bras puissant bientôt se lèvera ;
Tu sentiras le poids de son pouvoir suprême,
De ton inique arrêt ce Dieu se vengera ! »
Mais un vil intérêt fit taire la justice
Et, refoulant la voix de sa conviction,
Il satisfait alors du peuple la malice ;
Il donne aux Juifs le sang de la rédemption
Et n'a plus, pour laver sa fausse concience,
Que l'eau qu'il fait verser sur ses impures mains
En disant : « Le Ciel voit ici mon innocence,
Comme il découvre encor vos perfides desseins,
Je me lave à vos yeux de la sentence injuste
Que vos cris pleins de haine exigent malgré moi ;
Vous répondrez aux dieux de la mort de ce juste ;
Il est frappé par vous, mais absout par la loi. »
Oui ! tu dois en répondre autant que les perfides,
Juge inique et pervers ! cœur superbe et cruel !
Ta lâcheté te place au rang des déicides ;
Tu ne saurais tromper les yeux de l'Éternel.
« Sur nous, sur nos enfants, que tout son sang retombe ! »
Ont repété les Juifs à l'unanimité.
O peuple malheureux ! quelle effroyable tombe
Tu creuses de tes mains à ta postérité !
Qu'ils seront acérés les traits de la Justice !

Quel effrayant bandeau vient voiler tes regards !
Tes fils par millions, dans l'éternel supplice,
Déplorent à jamais tes coupables écarts.
Cependant, tu l'as dit, Dieu de mansuétude !
Tu feras grâce un jour à leurs derniers rameaux :
A cette heure on dirait que ta sollicitude
Fait briller à leurs yeux quelques rayons nouveaux,
Le Romain tout enflé de sa sotte importance,
Se redresse et d'un lâche affectant le courroux,
Sur l'innocent Jésus prononce la sentence ;
Il l'abandonne aux Juifs et le livre à leurs coups.

ONZIÈME TABLEAU

JÉSUS CHARGÉ DE SA CROIX

Dès que fut prononcé le jugement inique,
Du supplice aux regards apparut l'instrument ;
Pharisien perfide ! au courage héroïque,
Accable ta victime à son dernier moment !
Le nouvel Isaac, pour gravir la montagne,
Vient pendre avec effort son accablant fardeau·
Il embrasse sa croix, son intime compagne,
En bénissant les cieux d'un présent aussi beau.

A genoux il priait sur cet autel sublime,
Quand d'inhumains archers le viennent relever ;
A l'instant le Sauveur, l'adorable Victime,
Sous le poids du gibet s'efforce d'arriver.
C'est alors que s'ouvrit la marche triomphale,
Efficace à la terre et glorieuse au ciel.
Suivons ce doux Sauveux dans sa route royale,
Par lui nous parviendrons au séjour immortel.

DOUZIÈME TABLEAU

LE PORTEMENT DE LA CROIX

A peine est-il entré dans la voie épineuse,
Que, tiré sans égard, poussé brutalement,
Jésus tombe en ce lieu ; sa chute douloureuse,
Loin d'émouvoir les cœurs, les ferme entièrement.
Ecrasé sous le poids de son fardeau terrible,
En vain ce doux Sauveur pleurait, tendait la main,
Ce peuple de bourreaux, furieux, insensible,
L'insulte sans pitié, l'accable de dédain.
Par d'innombrables coups, sa personne divine
Du sol sanglant se voit relever violemment,
Son adorable chef, déchiré par l'épine,
Se penche de côté mélancoliquement.

Le Sauveur poursuivait sa marche défaillante,
Quand tout-à-coup paraît aux regards étonnés
Marie aux yeux en pleurs, à la face mourante,
Vers son bien-aimé Fils ses pas se sont tournés.
Le disciple chéri la suit et la protége :
La Vierge se drapant dans ses voiles de deuil,
A deux pas voit passer, au milieu du cortége,
Son cher Fils déchiré se rendant au cercueil.
Dans ses bras surchargés sa Mère, hélas! s'élance;
« Mon Fils! » murmure-t-elle en tombant à ses pieds.
Une immense douleur perce, ainsi qu'une lance,
De la Mère et du Fils les cœurs sacrifiés !
Mais des archers déjà l'impitoyable escorte
Fait retentir les airs de bruyantes clameurs : —
« Quelle femme en ce lieu s'exprime de la sorte
Et, pour un criminel, exhale ses douleurs?
Eloignez de nos pas sa courageuse audace;
Que ce pertubateur à son sort soit laissé. »
Et repoussant la foule, ils dégagent l'espace;
Jésus est de nouveau maltraité, délaissé.
Il allait expirer sous l'atroce torture :
Les larrons sont traités plus favorablement,
Mais des pharisiens l'âme exécrable et dure.
Réclame, en sa faveur, quelque soulagement :
« Vous voyez, dirent-ils aux bourreaux saguinaires,
Qu'il ne peut plus marcher ni presque se mouvoir,
Promptement donnez-lui les secours nécessaires,
Afin que sur la croix il expire ce soir. »
Alors on contraignit un homme de Cyréne
A partager un peu le fardeau de la croix :

Simon (c'était son nom) laisse entrevoir sa peine ;
Un tel service, hélas ! serait loin de son choix.
Heureux Cyrénéen, éloigne la tristesse ;
De ton sort, ô Simon ! qui peindra le bonheur ?
Que ton cœur transporté tressaille d'allégresse :
Tu soulages ici ton Dieu, ton Rédempteur !
Jésus, accorde-nous que toujours, à ta suite,
Nous soulagions ta peine en aidant le prochain ;
Que loin de nous défendre et de prendre la fuite,
Nous suivions, sur tes pas, de la croix le chemin.
C'est en vain que l'enfer fait éclater sa rage,
Toujours, dans ses desseins, le ciel sera vainqueur.
Du sexe le plus faible allumant le courage,
Il députe à Jésus un sensible, un grand cœur :
Une femme a bravé la cruauté publique
Et, malgré les soldats, abordé le Sauveur ;
C'est la victorieuse et noble Véronique
Qui de Jésus mourant partage la douleur ;
A son saint Rédempteur elle offre son suaire,
Il l'accepte, il essuie et ses pleurs et son sang,
Puis, le lui remettant d'un regard débonnaire,
Fait à son cœur pieux un don de premier rang.
O fille d'Israël ! ta gloire noble et sainte
Volera d'âge en âge à la postérité :
Ton tissu précieux porte l'auguste empreinte
Des traits du Roi des rois, du Dieu de vérité.
Mais des bourreaux enfin les traitements barbares
Et du corps de Jésus l'épuisement total
Rendent tous ses efforts plus faibles et plus rares :
Conduit, poussé, tiré par un lien brutal,

Le Sauveur tombe encor la face contre terre ;
Loin de se relever il ne peut se mouvoir :
Les passants étrangers, témoins de sa misère,
S'éloignent effrayés et ne peuvent le voir :
« Hélas ! répètent-ils, le pauvre homme succombe ! »
De la mort tous ses traits ont en effet le teint.
Oui bientôt la victime appellera la tombe
Et des mortels présents presqu'aucun ne le plaint.
Je me trompe : non loin du Sauveu.' adorable,
Les femmes d'Israël attirent son regard.
Le sexe pour Jésus se rend seul secourable ;
Ses disciples troublés se cachent à l'écart.
Le fils de l'Eternel, oubliant ses tortures,
Des filles de Juda se fait consolateur ;
Des Juifs infortunés il sonde les blessures
Et sa douleur s'efface au prix de leur malheur :
« Ne pleurez pas sur moi, femmes compatissantes !
Pleurez plutôt sur vous, pleurez sur vos enfants.
Vous voyez du bois vert les couleurs déchirantes,
Que fera le bois sec sous les coups tout-puissants ? »
De plus en plus courbé sous l'instrument terrible,
Jésus sanglant, souillé, chemine lentement ;
A nos maux plus qu'aux siens il se montre sensible
Et son amour pour nous s'accroit également,
Mais son œil aperçoit du Golgotha la cîme
Où son dernier soupir pour nous s'exhalera :
Son saint cœur est saisi par un effroi sublime :
Le sang du cœur divin en ce lieu coulera !
Et les hommes cruels, ingrats et déïcides,
Fouleront, sous leurs pieds, de leur rançon le prix !

Au souvenir amer de ces retours perfides,
De ce cruel dédain. de ce profond mépris,
Jésus se sent brisé, sa force l'abandonne ;
Il tombe derechef et son fardeau l'étreint :
Sous ses maux inouïs le doux Sauveur frissonne ;
A marcher de nouveau la rigueur le contraint.
De la croix cependant la pesanteur extrême
A creusé sur l'épaule un douloureux sillon.
Viens voir ici, pécheur, combien le Dieu qui t'aime
Acheta chérement du Juge ton pardon.
Jésus, de votre course enfin voici le terme ;
Tous vos maux cependant ne sont pas épuisés :
Les souhaits de douleur que votre cœur enferme
Peuvent-ils être peints et vraiment exposés ?

TREIZIÈME TABLEAU

CRUCIFIEMENT

Les ignobles humains que l'enfer plein de rage
Semble avoir ici-bas vomis dans sa fureur,
Entourent le Sauveur, lui prodiguent l'outrage
Et règlent les apprêts d'un drame plein d'horreur.
De l'Agneau saint et pur leur sombre violence
Dépouille en blasphémant les membres vénérés.

Dérobez votre Maître à la vile insolence
Et pour le protéger, anges saints, accourez!
Quel effrayant spectacle à nos yeux se présente!
Le divin Rédempteur brisé, sanglant, défait !
Son saint corps déchiré, sa démarche tremblante:
Ainsi pour toi, pécheur, le Verbe a satisfait.
Vois, sur ce front divin cette étrange couronne,
Vois le sang de Jésus s'échappant à grands flots;
A ses pieds vois la croix qui doit former son trône,
Et des bourreaux cruels écoute les complots.
Ils n'ont rien oublié, dans leur ruse perfide
Pour les affreux tourments du saint Agneau pascal:
Clous aigus et cruels, breuvage amer, acide,
Ils ont tout réuni pour le moment fatal.
Sur l'infâme gibet ses bourreaux le renversent;
Docilement Jésus sur cet autel s'étend ;
En divers points du mont les soldats se dispersent.
Voyez, vers le Sauveur, les archers se groupant:
L'un deux saisit son bras dans sa main redoutable.
Un second prend un clou d'une énorme grosseur,
Sur sa chair il l'appuie, un autre misérable,
Armé d'un lourd marteau, l'enfonce avec fureur.
Le sang divin jaillit sur les bras déicides;
Un doux gémissement s'élève vers les cieux ;
Il implore déjà le pardon des perfides
Qui foulent sous leurs pieds un sang si précieux!
Ah! qui peindra jamais les douleurs indicibles,
Les tourments inouis qu'endure ici Jésus?
Ces dislocations violentes, horribles!
Ces soupirs du Ciel seul sont compris, entendus.

Un ignoble bourreau, sur la sainte poitrine
Ose brutalement venir s'agenouiller !
Alors un second clou, perçant la chair divine,
Ouvre un passage au sang qui doit encor couler.
Les pieds seuls jusqu'ici sont exempts de torture ;
Une rage infernale a fixé leur tourment :
Dans une douloureuse et pénible posture
Avec force on les place à ce dernier moment.
On saisit brusquement ces pieds si vénérables
Pour les clouer enfin à l'arbre du salut ;
Mais la distention des membres adorables
Les éloignait du lieu préparé pour ce but :
La fureur des bourreaux alors se renouvelle.
De durs liens sont placés, tirés violemment ;
Le Sauveur, suffoqué par l'étreinte cruelle,
Etouffe ses sanglots et gémit doucement.
Sur l'infâme gibet ce Rédempteur aimable,
Pour la rançon du monde, ainsi fut étendu,
Sondons la profondeur de l'amour ineffable !
A ce Dieu, dites-moi, l'amour n'est-il pas dû ?

QUATORZIÈME TABLEAU

EXALTATION DE LA CROIX

Au Sauveur mis en croix succède une autre scène :
On dresse l'instrument de la Rédemption !
A cet aspect notre âme est de tristesse pleine,
Tous les cœurs sont émus par la compassion,
Au moyen d'un levier et d'un effort extrême,
L'étendard du salut s'élève dans les airs.
O cieux abaissez-vous ! c'est le moment suprême,
Il console la terre, il trouble les enfers ;
Sur sa base un instant la croix est chancelante :
Les archers réunis la poussent lentement ;
Du creux, sans s'affermir, elle approche tremblante
Et de son poids enfin s'enfonce lourdement.
Pour le Sauveur, hélas ! la secousse est horrible !
Tous ses os disloqués s'entrechoquent soudain :
Les nerfs sont déplacés, sa douleur indicible
S'annonce par un cri s'échappant de son sein !
Pécheur, ne vois-tu pas s'élargir ses blessures
Et l'arbre du salut se rougir de son sang ?
Il coule abondamment par les quatre ouvertures ;
Le saint corps épuisé devient toujours plus blanc.
A ce suprème instant, pieuses, gémissantes,
Avec un tendre accent s'élèvent quelques voix ;

Puis d'innocentes mains se dirigent tremblantes
Comme pour secourir le Sauveur sur la croix ;
Dans la terre en tremblant lorsque la croix s'enfonce,
Le silence un instant s'établit solennel ;
L'Eglise est sur tous points attentive à l'annonce ;
On voit jouir la terre et tressaillir le ciel.
L'enfer avec frayeur entend ce choc terrible
Qui doit à son pouvoir porter le coup fatal ;
Des lymbes à ce bruit que l'Eglise est sensible !
C'est, pour ces saints captifs, le moment triomphal !

QUINZIÈME TABLEAU

PARTAGE DES HABITS DE JÉSUS ; PREMIÈRE PAROLE SUR

LA CROIX

Du Sauveur dépouillé la pauvreté sublime
Veut porter à l'excès le saint détachement :
Les bourreaux, réunis aux pieds de leur victime,
Entr'eux tirent au sort son simple vêtment.
Le Juif au cœur d'airain et le Docteur superbe
Lisent avec dépit la triple inscription :
Comme leur Roi du Père elle indique le Verbe :
Ce titre est à leur yeux une dérision,

Pour se venger du moins d'une telle défaite,
Ils comblent de mépris l'adorable Sauveur :
« Eh bien! lui disent-ils en secouant la tête,
Que ne te sauves-tu, misérable imposteur ?
Tu t'es vanté déjà de démolir le temple,
De pouvoir, en trois jours, le réédifier ;
De ta puissance ici donne-nous un exemple :
Comment t'es-tu, par nous, laissé crucifier?
Si vraiment ton pouvoir opère des miracles,
Si le Ciel aux humains doit parler par ta voix,
A nos yeux à l'instant viens prouver tes oracles,
Sauve-toi, si tu peux et descends de la croix.
Si Dieu t'aime il te doit ce divin témoignage,
De nos mains à l'instant qu'il vienne t'enlever :
A ta Divinité nous viendrons rendre hommage.
Oui, nous croirons en toi si tu peux te sauver. »
De douleur à ces traits le cœur divin s'abreuve
Et, dans ce trop cruel et total abandon,
Il va, de son pouvoir, donner encor la preuve,
Du Ciel, pour ces ingrats, implorer le pardon.
Vois donc vindicatif, le Maître du tonnerre,
Par les pervers humains, accablé de douleur;
Entends-tu son amour s'écrier : « O mon Père !
Ils ignorent leur crime, ainsi pardonnez-leur ! »
Alors l'un des larrons, d'un ton cynique, impie,
Ose insulter à Dieu, son Rédempteur mourant;
Oubliant ses forfaits, sa propre ignominie,
Il adresse à Jésus ce défi déchirant :
« Si véritablement Dieu même est votre Père,
Si vous êtes son Christ que ne vous sauvez-vous?

Que ne finissez-vous la commune misére
Qui, sur ce lieu d'horreur, nous brise de ses coups. »
Mais le larron de droite, éclairé par la grâce,
Adresse, à ce pervers, une observation :
« Quoi! malheureux! railler au temps de la disgrâce,
Quand tout doit te parler de ta conversion!
Immolés près de lui, par le même supplice,
Hâtons-nous de fléchir le courroux tout-puisssant :
Si nous souffrons la mort, oh! c'est avec justice,
Pour nos crimes nombreux mais il est innocent. »

SEIZIÈME TABLEAU

TÉNÈBRES, DEUXIÈME PAROLE SUR LA CROIX

Bientôt les cieux, la terre et tout dans la nature
Compatit tristement aux maux du Créateur,
Et l'homme criminel, sa pitié sans droiture,
S'y montre indifférent quoiqu'il en soit l'auteur;
Une éclipse totale et toute merveilleuse,
Pour assombrir le jour va des cieux disposer :
Sur le soleil brillant la lune ténébreuse
Quoiqu'alors, en son plein, accourt s'interposer.

Et la céleste voûte apparaît menaçante,
De ses globes luisants elle a voilé l'éclat ;
Les étoiles, lançant une lueur sanglante,
Refusent d'éclairer cette horrible attentat.
L'ombre noire, effrayante, enveloppe la terre ;
La panique terreur glace ses habitants ;
Les uns, le front courbé jusque dans la poussière,
Vers la croix ont tourné leurs regards repentants.
D'autres, au désespoir, regagnent leur asile,
Présageant, pour ces lieux, des désastres prochains !
D'autres montrent encore une face tranquille,
Ce sont les orgueillleux, les durs pharisiens ;
Ils n'ont garde du Ciel d'implorer la clémence
Et sur leur crime affreux d'appeler le pardon ;
Moins hardis toutefois, moins remplis d'insolence,
Il se groupent entr'eux, mais ils baissent le ton.
L'homme, non-seulement mais l'animal lui-même
Errant, cherche partout un lieu de sûreté ;
Il tremble et, par ses cris peint sa frayeur extrême
Dans cette universelle et noire obscurité.
Au fond de l'Orient, sur de lointaines plages,
Où l'affreux déïcide est encore inconnu,
De grands observateurs, des savants et des sages,
Etonnés de ce trouble, ont dit, le cœur ému :
« Il souffre, en ce moment, l'Auteur de la nature,
Ou du monde en ce jour le ressort se dissout ! »
C'est ainsi qu'un mortel, aidé par la droiture,
Attentif au problème, en son cœur le résout.
Quand tout se bouleverse et s'émeut sur la terre,
Le larron pénitent se tourne vers Jésus ;

Aux yeux de ce bon Maître il dépeint sa misère ;
Par lui les cœurs touchés sont toujours bien reçus !
« Quand vous serez, dit-il, au royaume céleste,
Oh! par pitié ! Seigneur, souvenez-vous de moi ;
Oubliez mes forfaits, le repentir me reste,
Mon cœur docilement accepte votre loi. »
« Vraiment, répond Jésus, je vous le dis moi-même,
Avec moi, dans le ciel, vous entrez aujourd'hui. »
Du pécheur converti la surprise est extrême,
Gagné par le Sauveur il s'abandonne à lui.
Trop heureux pénitent! ton sort me fait envie :
De douleur et d'amour en toi tout est empreint.
Près du Sauveur mourant se termine ta vie ;
Tu vécus en pécheur, mais tu mourus en saint.

DIX-SEPTIÈME TABLEAU

TROISIÈME ET QUATRIÈME PAROLES SUR LA CROIX

Le regard du Sauveur s'abaissant vers la terre,
Vit Marie éplorée et debout vers la croix ;
Jésus, compatissant aux douleurs de sa Mère,
Pour les diminuer élève encor la voix ;

Il lui montre, à ses pieds, le bien-aimé disciple :
« Femme ! dit-il alors, voyez là votre Fils. »
Oh ! quel trait dût percer ce cœur tendre et sensible !
Mais de Jésus, enfin, les désirs sont remplis.
Puis, s'adressant à Jean : « Voilà, dit-il, ta Mère !
Heureuse adoption faite au pied de la croix !
Quelle immense faveur dans cette vie amère
Jésus fait aux humains ! c'est le don de son choix.
Cette donation, ce testament sublime
De Marie en ce jour nous fait tous les enfants :
Lève-toi, fils d'Adam, et, quel que soit ton crime,
Pour toi Marie au ciel fait monter ses accents.
Le brouillard sombre, épais, couvrait toujours la terre ;
Au loin, par la frayeur, le peuple est repoussé
Et dans le dénûment de sa propre misère,
De tous absolument Jésus est délaissé :
Il regarde les cieux ! son Père l'abandonne ;
Sur sa face divine il ne voit que courroux :
Il cherche les mortels pour lesquels il se donne,
Les ingrats à le fuir semblent s'accorder tous !
Jésus triste, absorbé, seul et sans assistance,
De sa douleur profonde avait le sentiment ;
Pour nous tous à son Père il offre sa souffrance,
Nous donnant tout le prix de son délaissement.
Du Sauveur plein d'amour l'âme affligée et sainte
Vers le Ciel porte encore un regard étonné ;
A son Père offensé Jésus fait cette plainte :
« Pourquoi de vous, mon Dieu ! me vois-je abandonné ! »

DIX-HUITIÈME TABLEAU

CINQUIÈME, SIXIÈME, SEPTIÈME PAROLE SUR LA CROIX,

MORT DE JÉSUS

L'aimable Rédemteur tombait en défaillance ;
Son palais, par la soif, est brûlant, desséché.
Quand il vient, par un mot, révéler sa souffrance ;
Le cœur le plus cruel devrait être touché ;
« J'ai soif! » a dit Jésus, mais un bourreau féroce
Lui compose à l'instant un breuvage mortel :
Il a la barbarie et le courage atroce
De mêler, sous ses yeux, le vinaigre et le fiel.
Une éponge s'emplit de ce breuvage acide,
Un roseau l'élevant la présente au Sauveur !
Des amis de Jésus le cœur droit et timide
A cet affreux aspect se sent glacé d'horreur.
Le Rédempteur mourant, dans sa bouche adorable
Exprime quelque peu de ce liquide amer,
Pour expier, par là, l'excès trop condamnable
Par lequel si souvent l'homme s'ouvre l'enfer.
Lorsqu'arriva la fin de sa longue agonie,
Par la mort le Sauveur sentit son cœur glacé.
De lui-même il sortait de cette triste vie.
Non ! la mort, malgré lui, ne l'eût point enlacé ;

2**

Une froide sueur découle de ses membres ;
Son regard, plein de sang, à chaque instant s'éteint :
Madeleine éplorée, aux pensers doux et tendres,
Saisit les pieds sacrés, les baise, les étreint.
Ayant tout accompli, le Maître de la terre
Nous annonce, en trois mots, que « tout est consommé. »
Il a fait, en tous points, la volonté du Père :
Ses travaux, son amour, il nous a tout donné.
Jésus relève enfin sa tête couronnée
Et, portant vers les cieux ses regards trois fois saints,
Sa voix se fait entendre à la terre étonnée :
« Mon Père ! je remets mon âme entre vos mains. »
Par un cri doux et fort il pénètre la terre.
Il étonne du ciel les heureux habitants
Et, de ce monde enfin franchissant la barrière,
Son âme a de douleur percé les assistants !
Tout à l'instant frémit, s'émeut dans la nature :
Jusqu'en ses fondements le sol est ébranlé,
Et du mont Golgotha la roche la plus dure
Se fend près du sentier que Jésus a foulé.
Partout avec fracas tombent les édifices ;
La frayeur a glacé le pays de Juda :
Dans le temple où vers Dieu montent les sacrifices
Le voile éblouissant se fend du haut en bas.
Les tombeaux s'écroulant entr'ouvrent leurs abîmes,
Par la permission du Ciel, en cet instant,
Repoussent de leur sein grand nombre de victimes :
Ces cadavres hideux, animés un moment,
Plûnent et se fond voir à la foule étonnée :
Pâles jaunes, couverts de leur sombre linceul,

Ils menacent bien haut cette terre obstinée
De terribles fléaux, de cent sujets de deuil !
La grâce en plusieurs cœurs se rend victorieuse ;
Ils poussent vers la croix des soupirs pleins d'amour :
C'est par cette conquête et grande et glorieuse
Que le divin Sauveur finit son dernier jour.

LE PARTERRE SACRÉ

L'IMMACULÉE CONCEPTION

O Vierge ! qu'épargna le premier anathème,
Toi que l'ange tombé ne voit qu'avec frayeur,
Toi qui ravis sa proie à l'enfer en fureur,
Nous sommes agités par le vent du malheur,
Garde, ô Reine du ciel ! la famille qui t'aime.

Sur l'Eglise, ô Marie ! a fondu la tempête :
Le dragon a contre elle exhalé son venin.
Nous avons vu fléchir des colonnes d'airain ;
Des cèdres sont tombés ; mais sur ton chaste sein,
Le chrétien qui te loue a trouvé sa retraite.

Dans sa rage l'impie a dit : « Point de concile :
De ce grand tribunal j'étoufferai la voix ;
Du Pontiffe romain je détruirai les lois :
A moi de renverser et pontifes rois.
Plus de foi, plus de Dieu, sous mes pieds l'Evangile.

Mais sous ton patronage, ô Vierge immaculée,
Nos accents sont montés vers la porte des cieux;
Et nos regards ont vu le bandeau radieux
Qui doit bientôt briller au front mystérieux.
De l Eglise, aux regards de la terre assemblée.

HYMNE A SAINT-JOSEPH

Dès le début déjà, par une insigne grâce,
Parmi ses plus grands saints Dieu t'accorde une place.
Rejeton de David, ô royal arbrisseau,
Le Ciel avec amour contemple ton berceau.

Pour garder la candeur dans son éclat suprême,
Dont ton lis éclatant sera le pur emblème,
A l'ombre de son temple un Dieu t'élèvera,
Sur toi son œil divin sans cesse veillera.

Dans l'éternel conseil, la Trinité divine
A prononcé déjà d'une voix unanime,
Qu'en un moment fixé, son dépôt précieux
Serait commis aux mains d'un mortel vertueux.

Les temps sont arrivés, la Vierge incomparable
Doit, au pied des autels, par un nœud vénérable,
Unir son sort au sort du plus chaste mortel,
Et lui garder toujours un amour fraternel.

Qui, d'un si grand honneur sera donc jugé digne ?
A qui parvient du Ciel cette faveur insigne ?
C'est ta verge en ces lieux que nous voyons fleurir :
Marie à toi, Joseph, va donc appartenir !

Le dépôt qn'en ce jour l'Eternel te confie,
A ton cœur est plus cher mille fois que ta vie ;
Sur sa noble candeur tu tiens fixés tes yeux
Et tu trouves moins pur le bel azur des cieux.

A l'envoyé de Dieu prête en ce jour l'oreille,
Par sa voix le Seigneur t'apprendra la merveille
Qu'en cet heureux instant, par ses divines mains,
Il veut bien opérer pour sauver les humains.

Oui, le divin Sauveur, objet de la promesse,
Joseph, te donnera ces preuves de tendresse :
Sur ton bras paternel, sur tes soins vigilants,
Il veut fixer l'appui de ses pas chancelants.

A peine au jour, hélas ! cette Enfant adorable,
En butte à la fureur d'un Monarque exécrable,
Est contraint de s'enfuir sous un ciel plus heureux.
De la Mère et du Fil sois le guide pieux.

Dans ce lointain pays protège leur faiblesse,
Par ton labeur constant adoucis leur détresse,
Sous tes yeux paternels cet enfant grandira,
De son divin amour ton cœur s'embrasera.

Seigneur, ouvre pour nous ce divin sactuaire,
Apprends-nous les secrets de ce ciel sur la terre;
Que d'humbles oraisons! que de soupirs brûlants!
De mystères d'amour! d'ineffables élans!

En retour de tes soins, pour prix de ta tendresse,
O Joseph! le Sauveur charmera ta vieillesse,
C'est dans ses bras divins, c'est pressé sur son cœur,
Grand saint, que tu rendras ta belle âme au Seigneur,

Sous ton haut patronage, une voix infaillible
Place l'Eglise en pleurs. A ses douleurs sensible,
Tu te lèves, Joseph, et ton crédit puissant
Fait reculer d'effroi le démon frémissant.

LA SAMARITAINE

Jésus quittait le sol où le trahit Judas,
Et vers la Galilée il dirigeait ses pas.
Avec peine il marchait une journée entière,
Haletant, fatigué, blanchi par la poussière.
Sur le puits où Jacob abreuva ses troupeaux,
Il s'assit un instant pour prendre du repos.
Oh! qu'il est gracieux ce Sauveur adorable!
Que son regard et doux! sa face vénérable!
Que son port est décent, simple, majestueux!
En anneaux ondoyants voyez ses longs cheveux
Tomber, se partager et flotter avec grâce!

Pourquoi donc, avec peine, a-t-il franchi l'espace
Qui, du sol d'Israël, au sol Samaritain,
Aux membres fatigués offre un trop long chemin?
C'est qu'en ce lieu bientôt viendra la pécheresse
Qui réveille en son cœur une immense tendresse;
Il l'attend, son amour, avec un saint transport,
La voyant s'avancer, la prévient tout d'abord:
« Puisez, lui dit Jésus, pour me donner à boire. »
Et la femme, attentive, écoute, hésite à croire.
« Juifs et Samaritains ne pouvant s'accorder,
A boire à moi comment pouvez-vous demander? »
Mais en vain la brebis indocile, infidèle,
Repousse le Pasteur qui veut s'approcher d'elle,
Le Sauveur jusqu'ici vient pour la conquérir:
Il connaît le moyen d'exciter son désir:
« Ah! si vous connaissiez de Dieu le don suprême
Et celui qui vous parle, aussitôt pour vous-même
Avec empressement vous auriez demandé,
Et de l'eau vive alors il vous eût accordé. »
« Seigneur, dit-elle enfin, s'arrêtant à la phrase,
Notre puits est profond, vous n'avez point de vase,
Cette eau vive en quel lieu pourriez-vous la puiser?
L'eau que l'on puise ici Jacob vint en user,
Ses enfants, ses troupeaux en ont usé de même.
« Vous, plus grand que Jacob? n'est-ce point un blasphème?»
« Vous buvez de cette eau pour vous désaltérer?
Dit Jésus, et la soif revient vous dévorer;
Mais l'eau que je vous donne éteint la soif ardente
Et devient en chacun fontaine jaillissante. »
La rareté de l'eau dans ce pays brûlant

Occasionnait sans cesse un travail accablant;
C'est pourquoi, desirant ardemment la fontaine,
« Donnèz-moi de cette eau, dit la Samaritaine,
Et je ne viendrai plus jamais puiser ici. »
« Allez, lui dit Jésus, chercher votre mari. »
De son attention elle donnait la preuve,
Jésus, pour l'éclairer, veut la mettre à l'épreuve.
. . . .
« Je n'ai point de mari, répondit cette femme,
Qui de son cœur cachait la trop impure flamme.
« Il est vrai, dit Jésus, que vous n'en avez pas;
Au cinquième époux que vous prit le trépas,
Celui qui partagea votre existence intime,
Ne devint pas pour vous un époux légitime,
Ce que vous avez dit la raison l'a dicté;
Vous avez répondu l'exacte vérité,
. . . .
« Nos pères, reprit-elle, adoraient en ce lieu,
Et le Juif nous apprend que, pour adorer Dieu,
C'est à Jérusalem que nous devons nous rendre. »
« O femme! écoutez bien ce que je viens apprendre,
Retenez mon discours: Le salut vient des Juifs,
Que vos fils à ma voix se rendent attentifs:
Le Très-Haut est esprit et la vérité même,
Il veut donc qu'en tous lieux on l'adore et qu'on l'aime;
Le temps vient où bientôt les vrais adorateurs
Ne seront pas tenus plus à ce mont qu'ailleurs. »
« Oui, je sais que le Christ, et j'en suis bien certaine,
Doit arriver un jour, dit la Samaritaine,
Et que, quand il viendra dans ses divins discours,

Nous puiserons clarté, douceur, vertus, secours. » —
« C'est moi qui suis le Christ, croyez à ma parole. »
C'est ainsi qu'aux humains enseignant son symbole,
A la gloire éternelle il conduisait leurs pas.
Les apôtres souvent ne le comprenaient pas.
Alors, préoccupés du cri de la nature,
Ils pressaient le Sauveur de prendre nourriture.
« Ma nourriture à moi, leur disait sa bonté,
C'est d'accomplir du Ciel l'aimable volonté. »
Mais la femme, accourant à la ville prochaine,
Va répandre au dehors la foi dont elle est pleine.

ENTRÉE TRIOMPHALE A JÉRUSALEM

« Allez, disait Jésus, allez, couple fidèle,
En tel lieu de la ville et près d'une maison,
Vous verrez réunis l'ânesse et son ânon :
Amenez-les tous deux, le Maître les appelle:

Majestueusement, sur cet humble monture,
C'est à travers Sion, pour la dernière fois,
Qu'apparaît triomphant le Souverain des rois,
Le divin Rédempteur, le Dieu de la nature.

O non! ne craignez pas, vous de Sion la fille,
Voyez, sur le chemin, s'avancer le Sauveur,
Votre Roi qui vers vous vient rempli de douceur ;
Tressaillez, qu'en vos cœurs l'allégresse pétille.

Et le peuple nombreux se presse à sa rencontre ;
De ses habits partout les pavés sont couverts ;
Tous les bras, sur ses pas, jettent des rameaux verts :
La joie avec excès ce peuple entier la montre.

« Hosanna, disaient-ils, à Jésus notre Maitre !
Gloire au Fils de David, au Fils de l'Eternel !
C'est lui qui, par amour pour nous, se fit mortel !
Anges, du haut des cieux vous devez le connaître.

« Ah ! du moins en ce jour, ville ingrate et maudite !
Si tu reconnaissais le don qui t'est offert,
Celui que Jean-Baptiste annonçait au désert
Et qui, dans son amour, aujourd'hui te visite.

J'ai voulu rassembler tes enfants infidèles,
Les embraser d'amour, détourner leurs chagrins ;
Comme la poule tendre assemble ses poussins
Et, pour les réchauffer, les couvre de ses ailes.

Mais, hélas ! sur tes yeux s'étend un sombre voile ;
Et trop tard et sans fruit tu verras ton erreur ;
Pour toi viendra bientôt un moment de malheur :
De la nuit du trépas vois se lever l'étoile.

Tes ennemis soudain, autour de ta muraille,
Par un double circuit viendront t'environner,
Obstruer tes sentiers, te fermer, te serrer :
A ta destruction l'activité travaille.

A l'aspect de tes maux mon cœur frémit de crainte;
Tout périra chez toi: maisons, temple, palais;
On verra retomber le poids de tes forfaits
Sur toi, sur les enfants qui sont dans ton enceinte.

Quand aura, de tes jours, sonné l'heure dernière,
Tes ennemis armés viendront, sans le savoir,
Contre toi du Seigneur exercer le pouvoir;
Sans vouloir, dans ton sein, laisser pierre sur pierre. »

De la maison de Dieu le zèle le dévore :
Vers le temple Jésus s'est dirigé tout droit.
Aux mortels étonnés il va montrer son droit
Et venger le Très-Haut qu'en ce temple on adore.

Pour de bas intérêts, pour de vils bénéfices,
Des marchands, des changeurs, sous les lambris sacrés,
Trafiquaient des présents au Seigneur consacrés
Et qui devaient bientôt servir aux sacrifices.

Du Sauveur, à l'instant, les regards redoutables
Font trembler ces humains par trop audacieux:
Jésus, armé d'un fouet, les chasse de ces lieux,
Foule aux pieds leurs trésors et renverse leurs tables.

« Il est écrit: ce lieu, maison de la prière,
Sur vos fronts doit du Ciel appeler les faveurs;
Et vous convertissez en réduit de voleurs
Le séjour que pour lui veut se garder mon Père! »

Admirons, en ce jour, le Maître de la foudre
A qui le feu, la terre et les airs sont soumis,
Il pouvait, d'un regard, briser ses ennemis,
Les frapper, les confondre et les réduire en poudre.

Dans sa main formidable est une faible corde,
Il l'agite à dessein de guérir nos langueurs,
Et pour nous engager à craindre ses rigueurs,
A réclamer les dons de sa miséricorde.

Mais si, par un regard que la douceur tempère,
Il fait fuir éperdus mille hommes à la fois,
Que sera-t-il un jour, précédé de sa croix,
Lorsque majestueux il jugera la terre ?

EFFICACITÉ DE LA PRIÈRE.

« Priez, disait Jésus, persévérez sans cesse,
En mon nom demandez à mon Père éternel;
Il vous exaucera, je connais sa tendresse :
L'humble oraison peut tout sur son cœur paternel.
Lorsqu'un fils pour du pain sollicite son père,
Celui-ci pourra-t-il repousser son enfant ?
Au lieu d'un aliment donne-t-il une pierre ?
S'il demande un poisson, obtient-il un serpent ?
Eh quoi donc ! tout mauvais, tout méchant que vous êtes
L aliment savoureux à vos fils vous donnez;

3

Malgré tous vos défauts c'est ainsi que vous faites?
Et les enfants de Dieu seraient abandonnés !
Ecoutez: quelque part était un mauvais juge,
Méprisant son semblable etne craignant point Dieu :
C'était pour les humains un désolant refuge.
Or, une pauvre veuve habitait en ce lieu.
Un jour, venant au juge et demandant justice,
Elle entendit sa voix l'éloigner sans égard ;
Elle vint de nouveau sans plus de bénéfice;
Sur elle il dédaignait de jeter un regard.
Lontemps il refusa d'écouter sa demande,
Et la veuve vers lui venait chaque matin :
« Aujourd'hui je requiers que du moins on m'entende;
La justice est pour moi, rendez-la donc enfin. »
Il arriva qu'un jour, fatigué de l'enquête,
Il se dit : « Quoiqu'en fait je ne craigne pas Dieu,
Cette veuve importune en tout temps m'inquiète,
Des lois de l'équité je sais me faire un jeu.
Je serais moins léger pour certaines blessures :
Peut-être, au désespoir de mon refus constant,
Cette femme, à la fin me dirait des injures :
Je vais la satisfaire et l'entendre à l'instant. »
Remarquez le discours du juge impitoyable.
Il se rend accessible à l'importunité ;
Et le Dieu juste et bon, tout puissant, charitable,
Refuserait un don longtemps sollicité ?
Demandez en mon nom à mon Père céleste,
En vérité, vous dis-je, il vous exaucera:
Sollicitez toujours, mais jusqu'ici, du reste,
Qui de vous à mon Père en mon nom s'adressa?

LE MAUVAIS RICHE.

Le Sauveur qui, du haut de son trône éternel,
Pour l'amour des humains descendit sur la terre,
Menace l'opulent des traits de sa colère
Et du séjour où git le serpent immortel.

« Ecoutez, disait-il, retenez mon discours :
Quelque part habitait un riche impitoyable :
Les mets les plus exquis abondaient sur sa table;
Délicieusement il se traitait toujours.

Rien de ses vêtements ne surpassait l'éclat :
La soie et l'or brillant lui prêtaient leurs richesses;
Pour ses plaisirs charnels il avait des largesses
Et des maux du prochain ne fait nul état.

Chaque jour, sur le seuil de son brillant palais,
Gisait un malheureux qui se nommait Lazare;
Son complet dénûment, sa patience rare
Faisaient vivre, en son cœur, l'espérance et la paix.

Il voulait seulement, pour apaiser sa faim,
Que, par amour pour Dieu, le riche à sa prière
Accordât, par pitié pour sa grande misère,
Quelques restes laissés, quelques miettes de pain.

Mais l'opulent, noyé dans des flots de douceur,
Détournait son regard d'une aussi triste image;
Des serviteurs nombreux obstruaient son passage
Et nul de l'indigent ne plaignait le malheur.

Vainement il priait, il attendait toujours :
Les chiens, moins durs alors que leur coupable maître,
Venaient lécher les chairs du trop malheureux être
Qui s'éloignait, enfin, sans nul autre secours.

Tout finit tôt ou tard, dans ce funeste exil :
Lazare a terminé sa vie et sa souffrance;
Le riche aussi succombe au sein de l'opulence;
Sans égard de ses jours la mort tranche le fil.

Oh! combien du premier est heureux le trépas;
Les anges aussitôt, du séjour de la gloire,
Viennent lui révéler que pleine est sa victoire;
Dans le sein l'Abraham ils conduisent ses pas.

Le dernier pour jamais a cessé de jouir :
Il reçoit en mourant l'enfer pour sépulture,
Et c'est là qu'il gémit dans l'horrible torture,
Depuis l'instant fatal de son dernier soupir.

Un jour, levant les yeux, il aperçut de loin,
Dans le séjour brillant de la gloire éternelle,
Où resplendit des saints l'auréole immortelle,
Abraham bienheureux et Lazare en son sein. »

» Je souffre, dit le riche, un bien cruel tourment !
Tendre Père Abraham, ordonnez à Lazare
D'oublier un instant les torts du riche avare,
De lui porter du moins un seul soulagement :

Que du bout de son doigt, trempé dans un peu d'eau,
Sur ma langue enflammée il s'échappe une goûte.
Cette brûlante soif infiniment me coute :
Pour moi ce dur tourment paraît toujours nouveau, »

« Mon fils, dit Abraham, à votre souvenir
Rappelez le bonheur qui fut votre partage ;
Vous jouîtes de tout, vous eûtes l'avantage
De voir combler soudain votre moindre désir.

Quand tout vous souriait et vous rendait heureux,
Tout manquait à Lazare, il souffrait au contraire
Et c'est en gémissant qu'il passa sur la terre ;
Vous n'avez donc pas eu le même sort tous deux.

Il est juste aujourd'hui, que, placé dans le port,
Il savoure à longs traits les célestes délices,
En compensation des terribles supplices
Qu'il subit en mon nom jusqu'au seuil de la mort.

Vous souffrez aujourd'hui, vous êtes malheureux,
Mais, de toute rigueur, la chose est équitable ;
Et puis de vous à nous l'abîme infranchissable
Ne permettra jamais d'accès entre nous deux. »

O riches insensés   cet effrayant arrêt
Vient de vous signaler votre juste sentence,
A moins qu'aux malheureux, par votre bienfaisance,
En donnant des secours vous changiez ce décret,

A L'ÉPOUSE DU CALVAIRE

Epouse du Sauveur, sainte Eglise, ô ma Mère !
Sur la croix en mourant Jésus à toi s'unit :
Vois, soumis à tes pieds les peuples de la terre ;
Devant toi, de terreur frémit l'ange maudit.

Et l'impie en courroux, dans ses folles menaces,
De ton règne immortel ose annoncer la fin ! !
Ah ! nos cœurs sont pour toi, nous marchons sur tes traces.
La France au monde entier montrera le chemin.

A te vaincre, en ce jour, le cynisme travaille :
Ses ressorts sont en jeu, ses efforts sont unis.
Tu perdras des soldats mais jamais de bataille ;
Le Seigneur l'a juré ; mort à tes ennemis !

Sous le ciel doux et pur de la Ville éternelle,
Par son amour pour toi, le pays sans rival
Unira devant Dieu, dans sa flamme immortelle,
L'étreinte maternelle au baiser filial.

LE DENIER DE LA VEUVE

Pauvres, consolez-vous, vous avez un bon Père :
C'est le cœur avant tout que ce Dieu considère ;
Il connait vos malheurs, il compte vos soupirs,
Il réconpensera jusques à vos désirs.
Quand le regard, blessé par votre faible hommage,
Vous sentez succomber, faillir votre courage,
Approchez hardiment, le moindre don du cœur
Est, à ses yeux divins, d'une immense valeur !
Un jour, près du trésor, Jésus était au Temple :
Attentif, immobile il regarde et contemple
La foule des hébreux qui venaient, se pressaient,
Refluaient quelquefois et se renouvelaient.
Le grand nombre en entrant déposait son offrande,
En écoutant ces mots : Que le Seigneur vous rende.
Des opulents parfois versaient à pleines mains,
Des sommes que leur cœur offraient aux Saint des saints.
Enfin près du trésor une veuve s'avance :
Son vêtement usé témoigne l'indigence ;
Et, bien loin d'égaler les donateurs premiers,
Dans le tronc humblement dépose deux deniers.
Jésus se tourne alors regardant ses apôtres :
« Voyez-vous, leur dit-il, venir, après les autres,
Cette veuve et son fils ? Son modeste présent
Est aux yeux du Seigneur je ne dis pas autant,

Mais plus que tous les dons qu'on a mis avant elle.
Pour les riches ces dons sont une bagatelle ;
Ils n'en sont point gênés, nullement appauvris,
C'est pourquoi devant Dieu ces dons ont moins de prix ;
Mais la veuve étant pauvre, elle offre à Dieu son Père,
Un denier détourné de son strict nécessaire. »

LE BON PASTEUR

Jadis le Tout-Puissant se nommait Dieu terrible :
Environné d'éclairs il s'offrait à nos yeux :
Les mortels en tremblant considéraient les cieux,
Dieu s'adresse, en ce jour, à notre cœur sensible.

Aux Juifs matériels, grossiers, durs, peu traitables,
Il se montrait jaloux, s'évère et redouté ;
Mais Jésus parmi nous, doux et plein de bonté,
Paraît à nos regards sous des traits plus aimables :

« Voyez le bon Pasteur, dit-il à ses disciples,
Cent brebis pour le moins composaient son troupeau ;
Triomphant à leur tête il quitte le hameau :
Au doux son de sa voix ses brebis sont sensibles.

Il connait, par son nom, jusqu'à la plus petite ;
Sous un ombrage frais, par un soin sans pareil,
Il défend son troupeau des ardeurs du soleil,
Partout conduit ses pas et jamais ne le quitte.

A ses jeunes agneaux sa voix se fait entendre ;
Il conduit ses brebis aux plus limpide eaux,
Aux lieux les plus charmants, les plus gras les plus beaux,
Il leur choisit partout le gazon le plus tendre.

Un jour qu'autour de lui, dans de belles campagnes,
Sur le gazon fleuri ses agneaux bondissaient,
Ses brebis, sous ses yeux joyeusement paissaient,
L'une s'enfuit au loin, délaissant ses compagnes.

Le Pasteur l'aperçoit et de chagrin s'abreuve ;
Il lui porte un amour de prédilection ;
Son cœur ému soudain par la compassion,
Lui peint tous les dangers de sa premiere épreuve. »

Dans l'épaisseur du bois et dans la solitude
Trouvera-t-elle, hélas ! de quoi boire et manger ?
D'un précipice affreux elle court le danger !
D'errer au loi sans guide a-t-elle l'habitude ?

Et si, par accident, quelque bête vorace
Sur sa route lointaine allait se rencontrer,
Arrêter la brebis et puis la dévorer !
Le Pasteur effrayé s'élance sur sa trace.

Il en laisse au désert quatre-vingt-dix-neuf autres ;
Pour la brebis perdue il va se captiver ;
Il n'a point de repos, il veut la retrouver ;
Les malheurs d'un ami ce sont aussi les nôtres.

Il court sans s'arrêter, sans craindre la fatigue :
Il franchit les coteaux, traverse les buissons,
Descend dans les ravins, s'élance sur les monts,
Rien n'arrête ses pas, son courage est sans digue.

Sa figure est déjà de sueur ruisselante,
Ses habits déchirés et ses membres sanglants,
Mais il voit sa brebis, redouble ses élans,
Et la saisit enfin, contrite, suppliante.

Dans l'âme du Pasteur, tout n'est plus qu'allégresse ;
Loin de lui reprocher son infidélité,
Son regard ne lui peint qu'amour et que bonté,
Il approche et soudain de sa main la caresse.

L'infidèle accablée est alors sous des saules ;
Lui faut-il, sur ses pieds, d'aussi loin revenir ?
Oh non ! le bon Pasteur ne le saurait souffrir :
« Il la prend dans ses bras, la met sur ses épaules, »

L'insconstante, au hameau, sans effort et sans peine,
Dans une douce étreinte est rapportée enfin :
De plaisir, le Pasteur sent tressaillir son sein,
Il fait part du bonheur dont sa grande âme est pleine :

« Amis, parents, voisins, venez en diligence :
Ma brebis trop légère avait fui le Pasteur ;
Mais je l'ai retrouvée et, pour un tel bonheur.
Livrons-nous de concert à la réjouissance. »

« A ces traits, dit Jésus, connaissez votre Maître :
Son amour, sa bonté, ses charitables soins ;
C'est ainsi qu'il fournit à vos moindres besoins ;
Sa tendresse envers vous ne cesse de paraître.

Un pécheur repentant qui, par la pénitence.
Désarme le courroux de son juge éternel,
Je le dis, croyez-moi, réjouit plus le ciel
Que cent justes moins un, vivant dans l'innocence. »

LA FEMME ADULTÈRE

Dans le Temple Jésus enseignait sa doctrine,
Et le peuple nombreux, avec empressement,
Accourait l'écouter dans le ravissement.
Dans les cœurs disposés, la semence divine
Au centuple portait des germes de salut ;
Les docteurs orgueilleux avaient un autre but :
S'ils venaient à Jésus, c'était moins pour l'entendre
Que pour le condamner, le perdre, le tenter,
Détourner, les Hébreux de venir l'écouter,
Sur quelque point surtout ils voulaient le surprendre.
Un jour s'étant unis à des pharisiens
Qu'un orgueil infernal tenait dans ses liens,
Ils mènent au Sauveur une femme adultère :
La coupable à l'instant, les yeux remplis de pleurs,
Est par eux introduite au sein des spectateurs.

Rappelant à Jésus l'ordonnance sévère :
« Maitre, lui dirent-ils, dites-nous votre avis ;
Quiconque en adultère est par quelqu'un surpris,
Vous le lapiderez, dit la loi de Moïse.
Nous nous trouvons, Seigneur, dans ce malheureux cas ;
Daignez, par vos conseils, nous tirer d'embarras.
Sur le fait désigné, cette femme est surprise :
Faut-il la lapider, ou faut-il l'acquitter ?
Ils semblaient à Jésus, vouloir s'en rapporter ;
Mais non, ces cœurs pervers ne lui tendaient qu'un piége :
D'avance ils ont tramé leur ignoble complot :
S'il l'absout, pensaient-ils, nous dirons aussitôt :
Il foule aux pieds les lois, il n'est qu'un sacrilége.
Si sa décision la condamne à la mort,
Nous dirons aux Hébreux : Vous l'admirez à tort :
Voyez, ses sentiment démentent son langage ;
Il vous prêche en tous temps la bonté, la douceur,
Et, dans le fait, il veut qu'on use de rigueur.
C'est un fourbe, un tyran, un menteur, un faux sage. »
Pleins de rage et d'envie, ils attendent debout,
Le moment contre lui de diriger leur coup :
Mais Jésus, sans parler, se baisse vers la terre ;
Des docteurs orgueilleux il connait le dessein,
Il s'obstine à se taire et, de son doigt divin,
Devant eux trace un sens secret sur la poussière.
Ses ennemis des yeux suivent cette action,
Qu'ils prennent pour l'effet de la confusion :
Ils triomphent déjà, le feu dans leurs yeux brille ;
« Au silence est enfin réduit cet indiscret !
Grâce à nous, cet oracle immortel est muet !

L'impatience alors dans leur regard pétille :
Ils pressent le Sauveur de daigner s'expliquer :
« Faut-il la lapider, Maître, ou bien l'acquitter ? »
Majestueusement ce Dieu bon se relève,
Et fixant le regard sur les cruels Docteurs,
Il trompe leurs projets, bouleverse leurs cœurs :
L'espoir qu'ils conservaient Jésus le leur enlève.
Toutefois endurcis et dans l'aveuglement,
Ils s'obstinent encore à ce dernier moment.
O réponse d'un Dieu ! prodige l'éloquence
Que la sagesse humaine eût vainement cherché :
« Que celui d'entre vous dont l'âme est sans péché
Pour lui lancer la pierre auprès d'elle s'avance. »
Pharisiens, Docteurs, vaincus par cet affront,
Chacun d'eux sent monter la rougeur à son front :
Ils craignent que Jésus, ouvrant leur conscience,
De leur âme en public n'esquisse le tableau ;
De la religion ils n'ont que le manteau !
Les plus anciens déjà s'éloignent en silence.
Les moins âgés aussi se sentant confondus,
Disparaissent encor. Seule auprès de Jésus,
Immobile et confuse est la femme adultère.
Heureuse pécheresse ! enfin pourquoi trembler ?
A l'espoir ouvrez-vous, cessez de vous troubler :
Jésus est un Sauveur, c'est le plus tendre Père ;
Il a su vous soustraire aux mains de vos bourreaux,
Il saura vous gagner par des bienfaits nouveaux.
A votre cœur déjà son doux accent résonne :
« Femme, où sont, dites moi, tous vos accusateurs ?
Où se sont retirés tant de persécuteurs ?

Ne seriez-vous jugée oujourd'hui par personne!.»
Et la femme conquise à ce Dieu si clément,
S'abandonne à l'espoir et répond humblement :
« Par personne, Seigneur. » Ce juge charitable
Lui dit : « Ni moi non plus je ne puis vous punir ;
Allez, ne péchez plus, ma fille, à l'avenir ;
Et mon cœur en tout temps vous sera favorable. »

LE PARDON DES INJURES

Par ses instructions, sa douceur charitable,
Le Sauveur pour le ciel voulait former nos cœurs.
« Le royaume des cieux, disait-il, est semblable
Au Seigneur près de lui citant ses serviteurs.
Il voulait qu'en ses mains, chacun rendît son compte ;
Les serviteurs mandés paraissaient tout tremblants :
Le Maître avec rigueur, aussitôt les confronte ;
L'un devait la valeur de dix mille talents ;
L'infortuné vassal, hélas ! ne pouvait rendre,
Tout son bien, en ce jour, se trouvait compromis.
Le Seignour, aussitôt, ordonne de tout vendre :
Le bien, le débiteur son épouse et ses fils ;
Ce moyen rigoureux devait donner quittance ;
Mais aux pieds de son Roi le serviteur tombant : »
« Ayez encor, dit-il, un peu de patience,
Je solderai bientôt ma dette entièrement. »
« Le Roi, voyant ses pleurs et sa douleur amère,

Fut touché, puis cédant à la compasion,
Il lui remit sa dette et quand il le libère
Chez lui de retourner lui donne mission.
Il profite aussitôt de ce bienfait insigne
Et quittant son Seigneur, il s'éloignait joyeux.
A peine à quelques pas ce serviteur indigne
Rencontre un débiteur loyal et malheureux ;
Ce dernier lui devait une assez faible somme :
Cent deniers tout au plus auraient pu le régler ;
Mais lui brutalement de le payer le somme ;
Le tenant à la gorge, il allait l'étrangler.
Son débiteur, surpris de cette violence,
Se prosterne à ses pieds en s'excusant beaucoup:
« Ayez, je vous supplie, un peu de patience.
Je vais doubler d'ardeur et je vous rendrai tout. »
L'insolent créancier est sans miséricorde
Et ne faisant nul cas et des pleurs et des cris,
Le délai qu'un bon Maître à la prière accorde
Son âme le refuse avec un dur mépris.
Contre ce débiteur appelant la justice,
Il le fait enfermer au fond d'une prison.
Il veut, s'il n'est payé, prolonger son supplice
Et n'entend, sur ce point, aucune autre raison.
Les autres serviteurs, témoins de sa conduite,
Affligés et confus, s'éloignent tout d'abord:
Auprès de leur Seigneur ils se rendent de suite :
D'un procédé si lâche ils lui font le rapport.
Justement indigné, le Maître, en sa présence
Cite le serviteur et lui dit en courroux: »
« J'ai remis votre dette à votre vive instance,

Je n'ai pu sans pitié vous voir à mes genoux ;
Ne deviez-vous donc pas user, pour votre frère,
De la même bonté dont j'use à votre égard ? »
Et cédant aux transports d'une juste colère,
Aux mains des durs geoliers il le met sans retard.
« C'est ainsi, dit Jésus, que mon Père céleste
Traitera sans pitié, dans sa juste fureur,
Celui dont la rancune au fond de l'âme reste
Et qui n'accorde pas le pardon de bon cœur.
Pardonnez-donc toujours ; mon Père, avec usure,
Vous rendra l'indulgence à votre libre choix ;
Ne fixez au pardon ni nombre, ni mesure
Et pardonnez au moins septante fois sept fois. »

LE BON SAMARITAIN

« Ma loi, nous dit Jésus, en deux points se résume :
« Mortel, de tout ton cœur, aime Dieu, ton seul bien ;
Tu dois autant qu'à toi ton amour au prochain. »
De son propre mérite un Docteur qui présume
Dit, pour paraître juste aux regards du Sauveur :
« Qui donc est mon prochain ? » Jésus avec douceur,
Dans un touchant discours, daigne au peuple l'apprendre :
« Un homme, lui dit-il, descendait le coteau
Qui de Jérusalem conduit à Jéricho : ·
D'audacieux voleurs y vinrent le surprendre ;
Par les mains des larrons il est soudain fouillé,

Ils lui dérobent tout, le laissent dépouillé,
Gisant sur la poussière et couvert de blessures.
Un prêtre descendant par le même chemin,
Voit cet infortuné, se détourne soudain
Et le laisse accablé sous d'atroces tortures ;
Il change de sentier, c'est pour le délaisser.
Un lévite en ces lieux vint encore à passer ;
Il aperçut cet homme et le laissa de même,
Mais un Samaritain, s'éloignant de Sion,
Le voit en cet état et, par compassion,
S'arrête et le regarde ; à sa souffrance extrême·
Il répond par de prompts et bienveillants secours :
Après s'être assuré qu'il respire toujours,
Il va purifier ses blesssures profondes ;
Avec l'huile et le vin, selon qu'il est besoin,
Les couvre d'appareils et les bande avec soin ;
Ses secours il les donne en très-peu de secondes.
Le bienfaiteur saisit cet homme entre ses bras,
Le met sur son cheval dont il retient le pas,
Et, dans l hôtellerie, à la ville prochaine,
Avec précaution descend l'infortuné.
Pour le servir au mieux il a tout ordonné.
Au bien-aimé malade, il prodigue sa peine
Et, ne s'arrêtant point à ses secours premiers,
Le lendemain à l'hôte il offre deux deniers ;
C'est pour son protégé qu'il les sort de sa bourse !
Ayez soin de cet homme et, pour le rétablir,
N'épargnez point les frais, faites le bien servir ;
Je vous on tiendrai compte au retour de ma course. »
Dit-il à l'hôtelier. Mais quel est le prochain

3*

De l'homme abandonné sur le bord du chemin ? »
Dit Jésus au Docteur si rempli de lui-même.
« C'est, répond-il celui qui, sur un sort affreux,
Fut seul compatissant, miséricordieux. »
« Allez, repart Jésus, conduisez-vous de même. »

L'ENFANT PRODIGUE

Nous avons vu déjà le Sauveur adorable,
Sous des traits bien touchants, nous peindre son amour.
Tantôt comme une poule appelant tour à tour
Ses poussins bien-aimés qui lui doivent le jour,
Il décrit à nos yeux son secours charitable.

Tantôt c'est un pasteur que cent brebis chérissent.
L'une infidèle fuit, s'exposant au trépas :
Soudain le bon Pasteur a volé sur ses pas ;
Il la poursuit, l'atteint, la porte entre ses bras
Et veut, de ce bonheur, que ses amis jouissent.

Aujourd'hui plus aimant, plus touchant et plus tendre,
Il nous dit ; « Un bon Père avait à lui deux fils ;
Ils étaient de son cœur également chéris.
Le plus jeune, un instant des faux plaisirs épris,
Pour charmer ses désirs, près de lui vient se rendre :

Au père, l'insensé tient alors ce langage : »
« Je m'ennuie en ces lieux et je veux voyager ;
Je voudrais vivre libre en pays étranger ;
Entre mon frère et moi, venez donc partager ;
Cedez-moi par moitié votre riche héritage.

A ces hautains propos, jugez, ô lecteur sage,
Ce qu'un Père offensé dut souffrir de douleur,
Quel chagrin déchirant dut traverser son cœur !
Il prévoit, pour ce fils un avenir vengeur
Et la déception des erreurs du jeune âge.

De quelle ardeur alors, redoublant de tendresse,
Dut-il prier son fils de changer son projet,
De mieux examiner son solide intérêt :
« Vois donc, dit-il, mon fils, de quel amer regret
Ton insoumission va charge ma vieillesse !

Le bonheur le plus grand n'est-il pas près d'un Père ?
Que peut t'offrir le monde en compensation !
Pour tes maux, dans son cœur, point de compassion !
Ses plaisirs que sont-ils ? trompeuse illusion
Qui bientôt n'est pour nous qu'une douleur amère.

Qne peux-tu désirer qu'ici ton cœur ne trouve ?
L'abondance et la paix te charment de concert.
Le bien que tu poursuis nous égare et nous perd
Et souvent avec lui le cœur, affreux désert,
Ne saurait s'expliquer le chagrin qu'il éprouve

Les dangers que courra ton inexpérience
Devraient en cet instant s'offrir à tes regards ;
Songe donc, ô mon fils ! aux coupables écarts ;
Où du plaisir trompeur les trop funestes arts
Vont faire, hélas ! tomber ta timide innocence. »

En vain le tendre amour veut conjurer l'orage :
Le cœur du fils ingrat ne sait plus obéir ;
La volonté d'un Père il l'immole au plaisir,
Car, Jésus nous apprend que, selon son désir,
Le Père sur le champ, opéra le partage.

Le voilà donc enfin son arbitre suprême
Ce jeune téméraire ! il s'éloigne soudain ;
A ses goûts désormais qui pourra mettre un frein ?
Qui pourra le gêner dans ce pays lointain ?
Il se livre au torrent du plaisir qui l'entraîne.

Jeux, danses et concerts, amis vains et perfides
S'empressent à l'envi de venir l'entourer :
Rien aux premiers élans ne se peut comparer ;
Ses transports, selon lui, doivent toujours durer ;
Il bannit ses remords comme importuns, timides.

Des festins et des jeux tombant dans la licence,
Il s'y plonge sans frein, sans crainte ni respect
Et, grâce à son trésor, sous un nouvel aspect,
Chaque jour, s'offre à lui le plaisir trop suspect,
Qui sous peu le réduit à l'affreuse indigence,

Il a bientôt, hélas! consommé ses ressources;
Ses amis lâchement l'abandonnent soudain;
Il se voit un objet de mépris, de dédain,
Dévoré par la honte, accablé de chagrin!
A lui de tant de maux qui donc cachait les sources?

Pour surcroît de malheur une famine encore
Sévit avec rigueur en ce lointain pays;
Le malheureux jamais ne peut trouver d'amis :
Où va donc s'adresser cet infortuné fils?
Pour assouvir, hélas! la faim qui le dévore?

Il est bientôt forcé, manquant du nécessaire,
A servir un fermier du moindre des hameaux.
Celui-ci le contraint à garder ses pourceaux :
Oui c'est là, surveillant ces trop vils animaux,
Que ce fils de famille est simple mercenaire!

Au-dessous d'un tel rang, peut-il jamais dèscendre!
Se peut-il, en ce monde, un plus affeux malheur?
N'a-t-il, pas épuisé la coupe de douleur
Et supporté du sort la dernière rigueur?...
Arrêtons, son hitoire à nous viendra l'apprendre :

En servant nuit et jour son dur et grossier maître,
Le prodigue héritier n'avait pas d'aliments;
Qui pourrait retracer ses horribles tourments!
Souvent aux vils pourceaux on voyait leurs glands;
Souhaitant, mais en vain, de pouvoir s'en repaître.

Accablé de chagrin, vaincu per la misére,
Il tomboit écrasé sous son terrible sort,
Dans l'excès de ses maux, il désirait la mort:
Son malheur est son œuvre, il reconnaît son tort.
A l'instant un penser le porte vers son père :

« Sous mon toit paternel tous sont dans l'abondance,
Les moindres serviteurs, se dit-il, ont du pain ;
Et moi, fils malheureux, dans ce pays lointain,
Je succombe accablé de tristesse et de faim !
Ah ! que ne peut mon Père apprendre ma souffrance !

Mais je me lèverai : j'irai trouver mon Père,
Oui j'irai repentant tomber à ses genoux.
Je dirai : j'ai péché contre le Ciel et vous ;
J'ai provoqué longtemps votre juste courroux,
Parmi vos serviteurs admettez ma misère.

Il se lève à l'instant, le malheureux prodigue:
Laissant ses animaux, il s'éloigne à grands pas ;
Le vice et le malheur l'ont fait tomber si bas
Que pour changer son sort, il ne balance pas :
Il ne craint ni chaleur, ni danger, ni fatigue.

Pendant qu'il regagnait la maison paternelle,
Son Père a vu de loin le fils qu'il regrettait,
Et, malgré ses haillons, son cœur le reconnaît ;
Il s'élance au devant du fils qu'il chérissait,
Enbrasse avec transport le malheureux rebelle.

Ce trop coupable fils, dans une humble posture,
Vient, contrit, gémissant, implorer son pardon :
« J'ai péché, j'ai blessé mon Père, hélas! si bon!
Je ne mérite plus de porter son grand nom...»
Mais dès longtemps le père a pardonné l'injure.

« Apportez à mon fils sa robe la plus belle,
Dit-il aux serviteurs, et mettez à ses doigts
L'anneau qu'avec honneur il portait autrefois;
Donnez-lui des souliers, et de toutes nos voix
Célébrons de ce jour la fête solennelle.

« Préparez un festin où la réjouissance
Efface en ce moment tous les plaisirs passés !
Amis, parents, voisins, à ma table placès,
Prêtez-moi vos transports : Pour mon cœur est-ce assez
J'ai retrouvé mon fils après sa longue absence. »

C'est ainsi que Dieu même, au séjour de la gloire,
Se montre satisfait quand l'âme d'un pêcheur,
Renonçant pour jamais à sa coupable erreur,
Regagne les sentiers du solide bonheur
Et sur l'enfer vaincu remporte la victoire.

LES DIX LÉPREUX

C'est à Jérusalem que Jésus veut se rendre ;
De Samarie alors il passe la cité ;
De ses labeurs, le Juif reçoit la primauté,
Mais ce peuple insensé ne sait pas le comprendre.
Oui, ces fils de Juda, ces trop légers Hébreux,
Des peuples de la terre étaient le plus heureux.
Or, le divin Sauveur entrait dans un village,
Lorsque dix malheureux de loin s'offrent à lui :
Une lèpre hideuse, inconnue aujourd'hui,
Etait commune alors ; d'après l'antique un usage,
Des lois en ce temps-là la rigueur exigeait
Que les pauvres humains que la lèpre affligeait
S'exilassent bien loin du commerce des hommes :
Ils ne reparaissaient que quand leur gnérison
Des prêtres du Seigneur avait la sanction.
Ces lois étaient au fond salutaires et bonnes,
Et souvent préservaient le malheureux mortel
D'un contact dangereux et pestilentiel
Qui pouvait propager beaucoup ce mal horrible.
Les dix hommes cités étaient donc des lépreux ;
Ils partageaient leurs maux, se soulageaient entreux.
Une épreuve ajoutant à leur sort si pénible,
Leur rendait bien affreux ce malheureux exil :
Un mortel, par erreur, près d'eux s'avançait-il,
Ils devaient s'éloigner ou tenir ce langage :

« Fuyez loin de ces lieux car, de lèpre couverts,
Isolés, malheureux nous cherchons les déserts :
Pour vous-même évitez le mal qui nous outrage. »
A l'aspect de Jésus, remplis d'un doux espoir,
Les dix infortunés à ses yeux se font voir ;
Ils lui disent de loin : « O Jésus, notre Maître,
De notre triste sort ayez compassion ?
Voyez nos maux cuisants, notre confusion :
Dans la société nous n'osons plus paraître. »
Ah ! du Seigneur jamais on ne réclame en vain
La divine pitié ; ce secours est certain.
C'est aux plus affligés, c'est aux plus misérables
Qu'il depart les premiers ses insignes faveurs ;
Avec eux sa sainte âme éprouve leurs douleurs,
Il prodigue envers eux ses secours charitables.
Sur les lépreux confus qui restaient à l'écart
Ce Dieu compatissant élevait son regard :
« Allez, allez, dit-il et montrez-vous aux prêtres. «
Et tous en s'y rendant, satisfaits et surpris,
Se sentent de leurs maux parfaitement guéris.
L'un d'eux, ses sentiments seraient-ils faux ou traîtres ?
Retourne sur ses pas ; que veut-il du Sauveur ?
« Je veux revoir, dit-il, mon divin Bienfaiteur ;
Oui, je veux publier sa puissance et sa gloire. »
Et plein de gratitude il vient près de Jésus :
« Bon Maître, lui dit-il, je ne puis rien de plus,
Mais d'un bienfait si grand perdrai-je la mémoire ?
Je dois à votre douce et tendre charité
De recouvrer mes droits dans la société :
Vous partagez mes maux et vos biens sont les nôtres, »

Mais un seul est aux pieds de ce divin Sauveur ?
« Tous les dix ont joui de la même faveur,
Dit Jésus, mais alors où sont donc les neuf autres !
Il n'y a, se peut-il, que ce seul étranger
Qui, se voyant tiré d'un funeste danger,
De Dieu se ressouvienne et célèbre sa gloire ! »
Cet oubli trop ingrat contristait le saint cœur
Si doux, si bienfaisant du divin Rédempteur.
De la reconnaissance il garde la mémoire.
Voulez-vous que du Ciel redoublent les bienfaits ?
Des dons déjà reçus rendez grâce à jamais.
L'heureux Samaritain en fit l'expérience :
De la lèpre visible il n'était plus taché,
Hélas ! il ignorait la lèpre du péché
Dont son âme couverte éprouvait la souffrance.
Jésus l'en purifie et ce bienfait nouveau
Dans son cœur à l'instant fait luire un jour plus beau.
« Votre foi, dit le Christ au lepreux qui l'aborde,
Vous sauve du péril : allez, ne péchez plus. «
Et l'heureux converti révèle de Jésus
La puisssance divine et la miséricorde.

LA CHANANÉENNE

Quand des murs de Sion le Sauveur adorable,
Pour verser des bienfaifs, se rapprochait, soudain
Les pauvres affligés encombraient son chemin
Et sa bonté pour eux était inépuisable.

Un jour qu'il approchait de cette ville antique,
Une femme ardemment s'élance sur ses pas ;
Jésus est en ces lieux, elle n'hésite pas :
Elle vient l'implorer, c'est pour sa fille unique.

« Seigneur, ayez pitié de ma cuisante peine !
Ma fille, doux trésor que j'aime éperdùment,
Sous l'effort du démon souffre cruellement, »
Disait, dans sa douleur, une Chananéenne.

Jésus, marchant toujours, semblait ne pas l'entendre,
Mais est-il un dépit pour l'amour maternel ?
Toute à sa confiance, à son chagrin cruel,
La mère exhale alors la plainte la plus tendre.

S'adressant, tout en pleurs, aux apôtres fidèles,
Pour que près du Sauveur, lui serve leur crédit :
« Il vous exaucera, car mon cœur me le dit :
Ses secours sont puissants, ses faveurs immortelles.

» Prenez compassion d'une bien triste mère !
De son cœur malheureux écoutez les soupirs ;
Oh ! par pitié du moins, secondez mes désirs,
Sans quoi mon existence, hélas ! est trop amère !

» Ma chère enfant se meurt sous d'atroces tortures ;
Pour elle ni le jour, ni la nuit de repos :
Ah ! si vous pouviez voir ses effroyables maux,
Que vous plaindriez sa mère entre les créatures !

» Conjurez donc pour moi votre adorable Maître!
Qu'il m'exauce, ou d'ici je ne m'éloigne point.
Priez pour mon enfant, sa mère vous l'enjoint;
Jésus accorde tout ; vous devez le connaître. »

Le groupe bien-aimé vers Jésus-Christ s'avance :
« Maître, entendez sa voix, elle crie après nous :
Exaucez sa prière, éloignez-la de vous !
Le Sauveur ne répond que par la résistance !

« Osez-vous m'adresser cette prière étrange?
Je ne suis envoyé qu'aux enfants d'Israël :
Ces brebis, mon troupeau, voilà mon bien réel :
Contre un peuple étranger, faudrait-il faire échange? »

Mais la mère aussitôt vient à Jésus, l'adore:
« Seigneur, écoutez-moi ! daignez me secourir !
Guérissez mon enfant qui sans vous va mourir ! !...»
Elle pleure, elle prie, elle s'approche encore.

Ce Dieu compatissant, doux, magnanime, auguste,
Se détourne et répond par ces mots accablants:
« Faut-il donner aux chiens le pain de nos enfants?
Ce serait insensé, ce serait même injuste. »

De cette tendre mère, en partageant la peine,
Ton esprit, ô lecteur! n'est-il pas courroucé !
Ne te fusses-tu point tenu pour repoussé?
Viens t'instruire en ce jour vers la Chananéenne :

« Non, dit-elle, Seigneur, ce n'est point équitable ;
Mais vers leur maître aussi viennent les petits chiens :
On ne leur ôte point toute part à ses biens :
Ils ont droit de manger les miettes de sa table. »

« O femme ! votre foi, dit Jésus, est bien grande !
La source des chagrins va pour vous se tarir :
Allez, qu'il vous soit fait selon votre désir ; »
Et la grâce à l'instant couronnait la demande.

ZACHÉE

Pour ses travaux divins, notre Maître adorable
Parcourait le pays où sa lumière a lui,
Répandait, en tous lieux, sa parole admirable,
Et le peuple nombreux se pressait prés de lui.
De Jéricho, Jésus, pour traverser la ville
S'avance et, pour le voir, un homme se hâtait :
Hélas ! la chose à lui paraissait difficile ;
Zachée était le nom que cet homme portait.
Ce mortel se trouvait d'une petite taille
Et la foule partout lui dérobait Jésus ;
Il veut le voir enfin et son esprit travaille,
Car son ardent désir s'accroît de plus en plus :
Un expédient s'offre et doit le satisfaire ;
Il s'élance en avant, avec rapidité,
Il court, mais où va-t-il ? et que prétend-il faire ?

Sur un haut sycomore il est déjà monté.
Il entend si souvent parler du divin Maître,
De ses bienfaits touchants, de ses faits merveilleux ;
Enfin, dans ce beau jour, il va donc le connaître :
Que son désir est grand ! que son cœur est heureux !
Par degré, le Sauveur de son côté s'avance.
Zachée, avec transport, double d'attention ;
Sur lui ses yeux fixés brillent de jouissance,
Et son âme s'abîme en admiration.
Il craint que devant lui trop tôt Jésus ne passe :
Oh ! combien il s'empresse à remarquer ses traits !
Son œil le suit avide en cet étroit espace,
Il est charmé, ravi de ses divins attraits !
Pour connaître Jésus ce publicain s'empresse :
Ah ! ce n'est point en vain qu'on prévient ce Dieu bon :
Le désir de nos cœurs excite sa tendresse ;
A l'humble repentir il offre le pardon.
Le voici parvenu devant le sycomore :
« Hélas ! disait Zachée, est-ce assez de malheur !
C'en est fait, je le perds ! » Il le regarde encore :
Jésus lève les yeux ô surprise ! ô bonheur !
« Zachée, auprès de moi hâtez-vous de descendre,
Car il faut, dit Jésus, que je loge chez vous. »
A cet appel divin qu'il était loin d'attendre,
Le publicain ravi, descend, tombe à genoux,
Prend le Ciel à témoin de son bonheur suprême
Et, tout joyeux chez lui conduit le Rédempteur ;
Pour le servir au mieux déploie un zèle extrême
Et veut qu'autour de lui tout témoigne l'ardeur ;
Ce que voyant, le peuple et se plaint et murmure :

« Quoi dit-il, le célèbre et grand Galiléen
En ces lieux prendrait place à cette table impure ?
Sciemment viendrait-il auprès d'un publicain ?
Mais si, comme on le dit, Jésus est un prophète,
Comment ignore-t-il que cet homme est pécheur ?
Et cependant, Zachée, au milieu de la fête,
Accourt se prosterner aux pieds du Dieu sauveur :
Il vient lui témoigner sa vive gratitude,
Son filial amour pour un si grand bienfait.
Tout ce qui peut lui plaire, objet de son étude,
Excite, sur sur-le-champ, son plus vif intérêt.
« Je le déclare ici, Seigneur, mon divin Maître,
Je cède aux malheureux la moitié de mon bien ;
Si j'ai frustré quelqu'un, sans le savoir peut-être,
Je rends quatre fois plus, » disait le publicain.
« Le salut est entré dans cette humble demeure,
Dit Jésus aux témoins rassemblés en ce lieu ;
« Celui-ci d'Abraham est enfant à cette heure. »
Et les mortels présents louaient le Fils de Dieu.
Ne l'oublions jamais ; si, du sein de la gloire.
Le Verbe né du Père est vers nous descendu,
Le fruit de ses travaux, le but de sa victoire,
C'est de sauver chez nous ce qui s'était perdu,

RÉSURRECTION DU-FILS DE LA VEUVE DE NAÏM

D'un pas majestueux le doux Sauveur s'avance ;
Il est accompagné de diciples nombreux :
Son désir, ses travaux, ses efforts généreux
Tendent à notre bien, il veut nous rendre heureux ;
Il éclaire le peuple, allége sa souffrance.

C'est pour nous soulager qu'à travers la campagne,
Il vient péniblement des champs de Rephaïm,
Qu'après avoir franchi la tribu d'Ephraïm,
Il s'avance à grands pas vers l'antique Naïm,
Où du Thabor non loin s'élève la montagne.

Or, en ce lieu touchant et justement célèbre,
Où la sainte parole avait plus d'une fois,
Changé les cœurs frappés par la divine voix ;
Défilait lentement l'un de ces noirs convois,
Déroulant sa colonne ondoyante et funèbre.

Quelle est donc du trépas la nouvelle victime ?
Voulez-vous la connaître ? approchez du cercueil ;
Soulevez un instant ces longs voiles de deuil,
Voyez le sombre feu qui dessèche cet œil ;
Du chagrin maternel reconnaissez l'abîme.

« O Ciel ! tranche mes jours, disait la triste veuve ;
Sans pitié ton pouvoir me ravit aujourd'hui
Mon fils, mon seul espoir et mon unique appui !
La vie est un supplice à sa mère sans lui ;
Vois, mon cœur se déchire à ta cruelle épreuve.

» O mon fils ! mon trésor ! mon orgueil ! ma tendresse !
Quoi ! peux-tu pour jamais te séparer de moi ?
Où vas-tu, cher enfant ? que ferais-je sans toi ?
Impitoyable mort ! tu ris de mon émoi !
Que n'as-tu de mon fils épargné la jeunesse !

» Mon Dieu ! pourquoi briser cette belle carrière ?
Enlever cet enfant si riche d'avenir !
Dans ton courroux, grand Dieu ! tu voulus me punir.
O mère de douleur ! que vais-je devenir ?
Et qui donc à ma mort fermera ma paupière ?

» N'étais-tu pas touché de mon triste veuvage ?
Par ton ordre affligé, mon cœur te bénissait
Pour ce fils, mon amour, que ton bras conservait ;
A charmer mes vieux jours mon fils se destinait.
Et la mort me l'enlève à la fleur de son âge !!!

» Près de toi, cher enfant, il me faut une place ;
Non je ne puis survivre à mon chagrin cruel ;
Pleurez sur mon malheur, ô mères d'Israël !
Mon cœur est traversé par la foudre du ciel :
La perte d'un enfant, non, rien ne la remplace ! »

Le Sauveur a compris ces plaintes déchirantes :
Sur la mort de son fils une mère pleurait,
Et le cœur de Marie à cet aspect souffrait ;
L'avenir de Jésus à son regard s'offrait,
Ses soupirs sont pour lui des prières ardentes.

Les témoins, arrêtés par ses ordres suprèmes,
Ont fixé sur Jésus des yeux de pleurs troublés ;
De la mère à l'instant les sanglots redoublés
Augmentent la pitié des humains rassemblés ;
Pour enlever son fils ses efforts sont extrêmes.

« Femme ne pleurez pas ! dit le Maître adorable. »
Et la veuve sur lui, jetant un long regard :
« L'aurais-je bien compris ? Est-ce erreur de ma part ?
Ne point pleurer mon fils ! sur-le-champ ! sans retard !
D'où vous vient un pouvoir à nul autre semblable ?

» En vous voyant, Seigneur, je crois voir Dieu lui-même.
Eh ! quel autre que Dieu, quand le cruel trépas
Arrache sans pitié son fils d'entre ses bras,
A sa mère oserait dire : ne pleurez pas !
Ce serait l'insulter, ce serait un blasphème !

» Mais si vous êtes Dieu, vous savez toute chose ;
Vous savez que mon fils méritait tout amour ;
Qu'il était doux, soumis, sans fiel et sans détour ;
Son cœur me chérissait, je le perds sans retour ;
Ses précoces vertus de mon chagrin sont cause.

» Notre aïeul Abraham était un tendre père ;
Il immole son fils en homme obéissant,
Mâis il cache à Sara le précepte écrasant !
Que dis-je ? Dieu lui-même, oh non ! le Tout-Puissant
N'eût jamais pu donner un tel ordre à la mère !

De ce cœur maternel il comprend la demande
Ce Sauveur, doux appui du mortel désolé ;
Il s'avance au milieu de ce groupe accablé
Et touchant le cercueil où le corps est voilé :
« Jeune homme, levez-vous ! dit-il, je le commande. »

La mort la reconnaît cette voix éternelle
Et loin de sa victime elle fuit à l'instant ;
Le jeune homme aussitôt se met sur son séant,
Il parle et le Seigneur, seul, sans étonnement,
Le rend avec douceur à la voix maternelle.

LES HUIT BÉATITUDES

Le Sauveur, enseignant sur un mont solitaire,
Au peuple ainsi montrait le bonheur sur la terre :
« Bienheureux les esprits détachés, ici-bas,
Des terrestres trésors et de leurs faux appas :
Car, enrichis par Dieu du céleste héritage,
Le royaume des cieux devient leur apanage.

Bienheureux ceux qui, pleins d'un esprit de douceur,
S'efforcent d'imiter le doux, le bon Pasteur :
Même en ces lieux, bénis par mon céleste Père,
Ils jouiront en paix du bonheur sur la terre.
Heureux celui qui pleure et qui dans les chagrins,
Voit s'écouler des jours pour tant d'autres sereins :
A lui, je le prédis, les douceurs immortelles
Viendront le consoler des peines temporelles.
Bienheureux les humains de justice altérés
Et vers la sainte cause ardemment attirés ;
Un jour, placés par moi sur un céleste trône,
Ils seront couronnés dans mon divin royaume.
Bienheureux qui, fuyant un fiel trop odieux,
Se montre, à mes regards, miséricordieux :
Ma grâce, à de tels cœurs volontiers je l'accorde ;
Pour eux ils obtiendront de moi miséricorde.
Bienheureux le mortel dont le cœur est si pur
Qu'il imite des cieux le bel et tendre azur :
Mon amour le plus vif est pour les âmes vierges :
Leurs corps en mon honneur s'usent comme des cierges ?
Mais un jour, élevés jusqu'au céleste lieu,
Avec les anges saints ils comtempleront Dieu.
Bienheureux est le cœur dont le désir unique
Est de paraître en tout affable et pacifique ;
Ainsi que l'Eternel, il se montre indulgent
Et mérite de Dieu d'être appelé l'enfant.
Bienheureux les mortels qui sont, pour la justice,
Haïs, persécutés, qui souffrent la malice :
A la vie éternelle ils acquerront le droit ;
Ils possèdent déjà mon amour par surcroît. »

ABANDON A LA PROVIDENCE.

« Nul de vous, dit Jésus, ne peut servir deux maîtres.
Car s'il veut aimer l'un l'autre il le haïra ;
S'il veut respecter l'un, à l'autre il manquera ;
S'il est fidèle à l'un, à l'autre il sera traître.
Vous ne pouvez servir le Seigneur et l'argent :
Votre cœur partagé ne peut être content :
Pourquoi donc vous troubler pour votre nourriture
Celui qui vous donna l'existence ici-bas
Vous refusera-t-il ce qu'il n'épargne pas
Aux oiseaux si nombreux qui peuplent la nature ?
Regardez ses oiseaux : ils n'ont point de grenier ;
Ils n'ont ni bàtiments, ni caves, ni celliers,.
Mais ils sont tous nourris par le Pères céleste.
N'êtes-vous pas plus qu'eux aux regards du Seigneur
Et peut-il oublier les enfants de son cœur !
A quoi bon vos soucis sur votre sort terrestre ?
« Jusqu'où donc ici-bas s'étend votre pouvoir ?
Quel est, par tous ses soins le mortel qu'on peut voir
D'une coudée hausser la hauteur de sa taille ?
Vos soins sont inquiets touchant vos vêtements :
Considérez comment se vêt le lis de champs ;
Le voyez-vous filer ? pensez-vous qu'il travaille ?
Néanmoins, je vous dis que le roi Salomon
Qui, des biens d'ici-bas eut le plus riche don,
Au jour le plus brillant de sa magnificence,

\4

Ve fut jamais paré si richement que lui :
Et si l'herbe des champs qui paraît aujourd'hui
Par le Ciel est vêtue avec tant de décence,
Ne devant néanmoins exister qu'un seul jour
Et, dès le lendemain, se consumer au four,
Craindrez-vous de manquer de vêtements vous-mêmes
Celui qui vous donna cet admirable corps,
Ne trouvera-t-il pas, dans ses vastes trésors,
Ce qui doit le vêtir ? A ses bontés suprêmes
Fiez-vous un peu plus, hommes de peu de foi !
C'est aux païens qu'il faut laisser un tel effroi :
Ils peuvent s'occuper de pareilles chimères ;
Mais vous à votre Père, heureux enfants du Ciel !
Cherchez à plaire en tout, c'est là l'essentiel :
Mieux que vous le Seigneur connaît le nécessaire ;
De vous fournir de tout pourrait-il oublier ?
Donc, à sa Providence il faut se confier.
A la bonté du Ciel l'homme qui s'abandonne,
Au royaume de Dieu se dirige tout droit,
Recherche sa justice et, comme par surcroît,
Tous ces biens largement le Seigneur les lui donne.«

LES OUVRIERS DE LA VIGNE

Confiance au Seigneur, ne perdons pas courage ;
En tous lieux, en tous temps il reçoit le pécheur.
Non, ce n'est point le temps qu'on passe à son ouvrage
Qu'il suppute avant tout, mais les désirs du cœur.

« Il était, nous dit-il, un père de famille
Qui, voulant à sa vigne opérer des travaux,
Précéda, pour sortir, l'heure où le soleil brille,
Echauffe la campagne et dore les coteaux.
Aux ouvriers il offre un denier pour salaire
Et, d'accord avec eux, sur la condition,
Il leur permet d'aller travailler à sa terre.
Une seconde fois, à même intention,
Il s'éloigne et, du jour c'était la troisième heure.
Il trouve sur ses pas des ouvriers oisifs :
« A ma vigne, allez donc, dit-il, et tout-à-l'heure :
Mon cœur souffre à l'aspect des homme inactifs. »
Puis, à la sixième heure, il reparut encore,
Loua des ouvriers ainsi qu'au point du jour.
L'oisiveté lui pèse, il la craint, il l'abhorre :
Et sur la neuvième heure il revient, sans détour
Aux hommes désœuvrés il offre son ouvrage.
Enfin, à l'onzième heure, ou plutôt sur le soir,
De sa sollicitude il donne un nouveau gage :
Les ouvriers encor vont soudain le revoir ;
Toujours à ne rien faire il en voit sur la place :
« Pourquoi sans travailler passer le jour entier ? »
Dit-il, le labeur plaît, réjouit et délasse :
« C'est que personne, hélas ! ne veut nous employer ;
Nul à nous aujourd'hui n'a présenté l'ouvrage. »
A ma vigne allez donc, on vous occupera :
Et le soir, appelant l'économe à son gage :
« Sonnez les ouvriers, dit-il, on paiera ;
Egalement à tous accordons le salaire.
Prenez bien soin que tous soient offerts à mes yeux ;

Autant ceux du matin que de l'heure dernière.
Ainsi j'ai résolu, rendez-vous à mes vœux. »
« Les derniers arrivés au premier rang s'avancent ;
Du Seigneur chacun d'eux a reçu son denier ;
A recevoir bien plus, ceux du matin s'attendent,,
Ayant à leur labeur passé le jour entier.
De leur Maître indulgent, généreux, charitable !
Chacnn reçoit enfin le denier convenu :
Eh quoi ! lui disent-ils, la chose est incroyable !
Ne pas plus nous payer que le dernier venu !
Depuis une heure, au plus, ces hommes sont à l'œuvre :
Contre nous ont sévi le jour et la chaleur ;
Ici de la justice où sera donc la preuve ?
Mais le Maître à l'un d'eux répond avec douceur :
« Mon ami, calmez-vous, au moins, daignez m'entendre :
Je ne vous fais point tort, d'où vient votre courroux !
Pour un prix convenu vous venez de vous rendre ;
S'il me plaît au dernier d'offrir autant qu'à vous.
De mon bien, dites-moi, ne suis-je pas le maître ?
Quoi ! votre œil est mauvais parce que je suis bon ! »
Ainsi le Dieu sauveur à nous se fait connaître ;
De nos égarements il offre le pardon.
Voici déjà vers nous s'avancer la vieillesse :
C'est le soir de la vie et la fin du combat.
Mais est-il un seul jonr du temps de la jeunesse
Où de Dieu notre cœur se montra vrai soldat ?
De nos heures bien vite arrive la dernière ;
Cependant, gardons-nous de nous décourager ;
Offrons du moins à Dieu la fin de la carrière,
Le regret du passé peut encor nous purger :

Notre désir ardent nous tient lieu de mérite,
Pourvu que sur nos pas marche l'humilité :
Que notre âme en tous lieux soit humble en sa conduite
Qui s'abaisse ici-bas, au Ciel est exalté.

TRANSFIGURATION

Pierre, Jacques et Jean, aux plus rudes épreuves
Par le Maître divin se trouvaient réservés ;
Ses bienfaits les plus doux leur étaient destinés,
Fréquemment il donnait à ces fils bien aimés
De son amour pour eux les plus touchantes preuves.

Quelquefois avec eux, marchant dans la campagne,
Il expliquait le sens de ses divins discours ;
A leur faible lumière acordait son secours ;
Pour les fortifier contre les mauvais jours,
Du Thabor, avec eux, il gravit la montagne.

A leurs yeux fatigués, un rayon de sa gloire
S'échappe et les arrache au plus pressant sommeil :
Son visage, embelli d'un attrait sans pareil,
Par son éclat divin éclipse le soleil :
On dirait un héros sur son char de victoire,

Ses habits, aussi blancs que la plus blanche neige,
Du plus fameux foulon désespéreraient l'art ;
Sa céleste beauté, transparente et sans fard,
Des apôtres surpris éteindraient le regard
Sans le secours divin du Dieu qui le protège.

Le nuage brillant, sous son radjeux dôme,
Couvraient Moïse, Elie et le divin Sauveur :
Tous trois s'entretenaient des faits du Rédempteur,
Du salut des humains, objet de son ardeur,
De la mort qui, pour nous, ouvrirait son royaume :

« Oh! qu'on est bien ici! Seigneur, lui disait Pierre,
Ne dresserons-nous pas trois tentes en ces lieux!
Pour vous, Moïse, Elie ? » Ils étaient trop heureux
Ces apôtres, alors, pour se souvenir d'eux :
La voix du Ciel soudain les renverse sur terre.

Ils se lèvent, aidés par la toute-puissance,
Mais le charmant tableau pour eux ne paraît plus :
Debout, à leur côté, seul apparaît Jésus
Et, comme ils descendaient, aux apôtres émus,
Sur ce sujet, le Maître ordonne le silence.

Jusqu'après son retour dans la gloire éternelle,
Il ne leur permet point de l'aller publier :
C'est ainsi qu'il nous montre à nous faire oublier ;
Plutôt que dominer, nous soumettre et plier,
Tant que dure pour nous l'épreuve temporelle.

C'est ainsi qu'à nos cœurs, accordant l'allégresse,
Il nous fait de bonheur tressaillir quelquefois :
Mais n'oublions jamais que ces bienfaits de choix
Précéderont pour nous les tourments et les croix ;
Que ces rayons brillants aident notre faiblesse !

RÉSURRECTION DE LAZARE

Le Sauveur que les Juifs appelaient le prophète,
Qui passait sur leur sol en y faisant le bien, -
Qui, d'un regard, d'un signe, apaisait la tempête,
Sentait son cœur captif sous le plus doux lien.
Un juste fortuné, d'une vertu bien rare,
Dont la jeune Marie et Marthe étaient les sœurs,
Vivait à Béthanie et se nommait Lazare :-
L'union la plus tendre unissait ces trois cœurs.
Rechercher l'indigent, soulager sa misère,
Offrir à l'étranger le toit hospitalier,
Tel était le bonheur des deux sœurs et du frère,
Leur plaisir le plus doux et leur soin journalier.
Le Sauveur, fréquemment, au retour d'un voyage,
Mangeait, se reposait en ce local béni;
Du bonheur, en ces lieux, sa présence est un gage
Et de Lazare, enfin, Jésus était l'ami.
Oh! d'avoir des amis que Jésus était digne!
Qu'il était doux, aimant, bon, fidèle et discret!
Lazare, heureux objet de ce bienfait insigne,
Pour Jésus, son ami, n'avait point de secret.
C'est aux cœurs généreux, c'est aux âmes ferventes
Que Jésus a gardé les grâces de son choix.
Ses bienfaits les plus grands, ses faveurs abondantes;
A ces âmes encors il présente sa croix.
La maison de Lazare, innocente et paisible.

Semblait être à jamais à l'abri du danger,
Quand une épreuve amère, et d'autant plus pénible
Que Jésus paraissait ne point la partager,
Vint fondre en un instant sur la jeune famille :
Lazare est étendu sur un lit de douleur :
D'une flamme souffrante, hélas ! son regard brille ;
Dans son sang, tourmenté d'une brûlante ardeur,
Une fièvre de mort vient d'établir son siège !
Vainement entouré des soins les plus touchants,
Le mortel vertueux que la douleur assiége
Ne saurait de repos goûter quelques instants :
Qui pourrait de ses sœurs peindre l'inquiétude,
Le zèle, les soupirs et les vœux fraternels ?
L'adorable Sauveur, contre son habitude,
Leur soustrait ses secours, ses soins surnaturels.
De l'état de Lazare il n'a pas connaissance,
De le lui révéler quelqu'un va se charger.
Et, ces femmes de foi, pleines de confiance,
Députent vers Jésus un zélé messager :
« Celui que vous aimez, divin Maître, est malade. »
Dit au Sauveur l'exprès envoyé de leur part.
Les apôtres émus par la triste ambassade,
Sur leur Maître adorable ont porté leur regard :
Le préposé, debout, attendait la réponse ;
« Ce mal, répond Jésus, n'ira pas à la mort,
Il servira plutôt, croyez ce que j'annonce,
A faire honorer Dieu dans un juste transport ;
Et de son Fils aussi procurera la gloire. »
Vers Béthanie, au lieu de diriger ses pas,
Comme au moins à cette heure on aurait pu le croire,

Le Sauveur paraissait n'y songer même pas ;
Mais au peuple attentif enseignant sa doctrine,
Pendant deux jours encore il demeure en ces lieux :
Aux cœurs bien préparés, sa semence divine
Faisait porter les fruits du royaume des cieux.
De son ami, pourtant, toujours le mal empire,
Et ses sœurs dans l'effroi se plongent de nouveau ;
Sous l'effort de la fièvre, enfin Lazare expire,
Et ses restes mortels descendent au tombeau !
De Marthe et de sa sœur que la douleur est grande !
Sans pitié, le trépas enlève leur appui :
Hier, pour ces deux sœurs, un guide, un frère tendre,
Un zélé protecteur, et plus rien aujourd'hui !
Enfin le Dieu puissant aux apôtres s'adresse :
« Retournons en Judée » Il leur parle et, soudain,
A leur Maître adoré, pensant avec tendresse,
Ils veulent au départ s'opposer, mais en vain :
« Seigneur, lui dirent-ils, il y a très-peu d'heures
Que les Juifs furieux voulaient vous lapider ;
Leurs dispositions seront-elles meilleures,
Que vous parliez déjà près d'eux de retourner ?
« Le mortel qui, la nuit, veut diriger sa marche,
Se heurtera, privé des rayons du soleil. »
Voulant lui confier le but de sa démarche :
« Notre ami dort, dit-il, tirons-le du sommeil : »
« S'il dort, il est guéri, dit le groupe fidèle. »
« Il est mort, dit Jésus, et je me suis privé,
Pour votre faible foi, votre vertu si frêle,
D'être cinq jours plus tôt vers Lazare arrivé ;
Plus fermement, au moins, vous croirez à mes œuvres :

Nous allons promptement lui porter du secours. »
Madeleine et sa sœur, pour combler leurs épreuves,
Sur le tombeau pleuraient depuis plus de trois jours :
Du retour du Sauveur apprenant la nouvelle,
Marthe, que dérobaient ses longs voiles de deuil,
Conçoit une espérance et soudaine et nouvelle,
Et, pour voler vers lui, s'éloigne du cercueil.
« Ah ! dit-elle, Seigneur, j'aurais mon pauvre frère,
Si quelques jours plus tôt vous l'eussiez visité,
Mais je sais qu'en tout temps, notre Dieu, votre Père,
A vos vœux filials adhère avec bonté. »
Le doux Sauveur, touché d'un transport aussi rare,
L'initie à l'instant dans son secret divin :
« Il ressuscitera votre frère Lazare. »
« Je sais, répondit-elle, et mon cœur est certain
Que, vers la fin des temps, au dernier jour du monde,
Mon frère et nous aussi devons ressusciter. »
« Celui qui croit en moi, mais d'une foi profonde,
Vivra, repart Jésus ; vous venez m'inviter...
Mais croyez-vous cela ? » « Oui, Seigneur, lui dit-elle,
« Je vous tiens pour le Christ, le Fils du Dieu vivant,
Le Verbe du Très-Haut ! la Sagesse éternelle ;
Vous venez ici-bas nous sauver en mourant. »
Avertie en secret que le Sauveur lui-même
Arrivait en ce lieu de deuil et de sanglots,
Au devant de ses pas s'élance Madeleine
Et, tombant à ses pieds, l'adore par ces mots :
« Si vous fussiez venu, votre douce présence,
Seigneur, eût préservé mon frère de la mort ! »
Ses larmes aussitôt coulent en abondance ;

Et Jésus, le Dieu bon, le Dieu puissant et fort,
Voyant les pleurs amers qu'arrachaient la tendresse
Et d'un frère chéri le touchant souvenir,
Des témoins éplorés partage la tristesse,
Sent son cœur s'émouvoir, sa grande âme frémir !
« Où donc l'avez-vous mis ? » demanda-t-il à Marthe.
« Ici, Seigneur, » dit-elle en conduisant Jésus.
Et la foule attentive, à cet instant s'écarte.
En ce funèbre lieu, Jésus ne parlait plus :
Eh ! que faisait-il donc, ce Sauveur adorable ?
Il pleurait, gémissait près de son tendre ami !
« Voyez, disaient les Juifs, il est inconsolable :
Oh ! combien au défunt son cœur était uni !
Mais d'un aveugle-né, s'il put à la lumière
Ouvrir en un instant les yeux, hélas ! fermés,
N'eût-il pu d'un ami changer l'heure dernière ? »
Près des restes chéris dans la tombe enfermés,
Jésus gémit encore et frémit en lui-même,
Puis, d'un pas ferme et noble, au sépulcre il marcha :
Il le laissa mourir, celui que son cœur aime,
Mais aux bras de la mort son pouvoir l'arracha.
« Du tombeau de Lazare enlevez cette pierre ! »
Dit avec majesté le Souverain des cieux. ---
« Mais, Seigneur, sa dépouille infecte est meurtrière,
Car depuis quatre jours elle gît en ces lieux. »
« Pour vous, répond Jésus, ne viens-je pas de dire
Qu'en croyant avec foi vous rendez gloire à Dieu ? »
Puis, regardant les cieux avec un doux sourire :
« Soyez béni, mon Père, en tout temps, en tout lieu.
Vous avez tendrement exaucé mes prières;

Pour moi, je le sais bien, vous m'exaucez toujours .
Je parle pour ce peuple afin qu'à vos lumières,
Il voie à vos desseins se prêter mon concours. »
S'approchant du tombeau que la foule environne,
A Lazare il s'adresse et dit à haute voix :
« Sortez dehors, venez, c'est moi qui vous l'ordonne ! »
Et de la mort soudain, foulant toutes les lois,
En dépit des linceuls, le défunt se relève,
Pieds et mains enlacés et le corps recouvert.
Les témoins étonnés, se croyant dans un rêve,
Pleins d'effroi s'éloignaient de ce sépulcre ouvert.
« Venez, ne craignez point, disait le divin Maître.
Enlevez ces liens et le laissez aller. »
C'est ainsi qu'ici-bas il se faisait connaître ;
De tels faits à nos yeux devaient le révéler.

LE PHARISIEN ET LE PUBLICAIN.

Trembler toujours sur sa propre misère,
Plus haut que soi placer sans cesse autrui,
Se croire en tout inférieur à lui,
De la religion c'est le vrai caractère.

En action, si nous voulons connaître
La trop coupable et fausse pitié,
D'un orgueilleux dans le Temple monté,
Approchons ; sur ce point il nous enseigne en maître.

Son arrogante et coupable posture
Nous le fait voir hautain jusqu'au saint lieu,
Pour nous prouver qu'en face de son Dieu
Il se tient pour parfaite et sainte créature !

Pharisien, homme de haut parage,
De la vertu il se croit gardien.
S'il parle au Ciel, il ne demande rien :
Trop riche ! il le bénit d'un aussi beau partage.

Mais c'est trop peu, ses regards équitables
Sur son semblable il les plonge soudain,
Et ses pareils, formant le genre humain,
Ne sont plus à ses yeux qu'un troupeau de coupables !

Dans son esprit, tel est le cadre sombre
Qui de son cœur doit relever l'éclat ;
De ses vertus il fait si grand état,
Qu'il ne saurait, au juste, en désigner le nombre.

« Je vous rends grâce, ô Dieu ! dans mes prières,
Disait cet homme aux sentiments hautains,
De n'être en rien comparable aux humains
Qui sont faux et voleurs, injustes, adultères. »

Où prendra-t-il cet odieux contraste ?
Le croirions-nous ? c'est au pied de l'autel !
Un Publicain malheureux criminel !
Prosterné, repentant, sans orgueil et sans faste.

Au Tout-Puissant écoutez sa parole :
« Je vous bénis, dit le Pharisien,
De n être pas tel que ce Publicain :
A l'indigent, toujours, j'accorde mon obole ;

» Sur tous mes biens je prélève la dîme ;
Je jeûne encore, et rigoureusement,
Pour vous, Seigneur, je le fais fréquemment :
Ma conduite, à vos yeux, n'est-elle pas sublime ? »

Mais qu'as-tu fait ? orgueilleux, téméraire !
Pour élever ton front audacieux,
Pour insulter le Monarque des cieux
Et venir le braver jusqu'en son sanctuaire !

Moins éclairé dans la sainte doctrine,
D'un cœur contrit, ressentant la douleur,
Humble et soumis, s'adressant au Seigneur :
Le Publicain touché se frappe la poitrine ;

Je vais l'entendre, il m'instruira peut-être :
« O Dieu ! dit-il, ayez compassion
De la misère et de l'abjection
Du plus pauvre pécheur et du plus chétif être ! »

Avec amour, le Seigneur le contemple :
Ce Publicain ne renferme aucun fiel,
Son œil baissé n'ose admirer le ciel,
A son Dieu s'adressant, il reste au fond du temple ;

Mais c'est a lui que le Seigneur accorde
Il lui remet ses infidélités
Et, déchargé de ses iniquités,
Il se relève, absout par la miséricorde.

Ah! du premier, le Dieu juste et sévère
Ne peut souffrir l'aspect trop révoltant,
Et, repoussant son langage insultant,
Il l'éloigne, chargé du poids de sa colère.

LES VIERGES SAGES ET LES VIERGES FOLLES.

Pour honorer l'Epoux au festin nuptial,
Se portaient au devant de son char triomphal
Dix vierges aux cœurs droits, aux rayonnants visages ;
Cinq étaient sans prudence et les cinq autres sages.
Chacune promptement se hâtait d'arriver ;
La fatigue les gagne et, cessant de veiller,
Eteignant leur lumière, ensemble elles s'assirent ;
Leurs yeux sous le sommeil quelque temps s'assoupirent :
Mais à minuit, soudain ce cri : Réveillez-vous,
Vite, allez au devant du plus aimable époux,
Retentit et chacune attentive s'éveille ;
Aucune, en ce moment, n'hésite, ne sommeille,
Mais toutes, se levant en un commun transport,
Bénissant le début du plus aimable sort.
Chacune, à cet instant, veut apprêter sa lampe ;
Et chacune apparaît fervente, diligente :

Les sages, prudemment, avaient garni les leurs,
Mais du chœur imprudent, les tremblantes lueurs
A chaque mouvement menacent de s'éteindre.
Ce funeste accident est d'autant plus à craindre
Que, par un condamnable et dangereux oubli,
Le bassin de la lampe est loin d'être rempli ;
Aux sages, aussitôt, adressant leur prière,
Les folles vivement dépeignent leur misère :
Nos lampes vont s'éteindre, et comment les garnir ?
Ayez pitié de nous, daignez nous secourir !
Prêtez-nous de votre huile, au moins pour jusqu'à l'heure
Où nous pénètrerons dans la sainte demeure :
Vous nous obligerez, ne nous refusez pas !
Qu'ensemble de l'Epoux nous escortions les pas. »
« Nous craignons d'en manquer, dirent les vierges sages,
Dépêchez au plus tôt quelques zélés messages,
Ou bien transportez-vous chez quelque débitant,
Et, ce qu'il vous en faut, prenez-le promptement. »
Les folles s'empressant partent en diligence ;
Mais d'instant en instant l'Epoux royal avance.
Il arrive : aussitôt les convives zélés
Qu'au festin nuptial il avait appelés,
Prennent place avec lui dans la brillante salle ;
Des vierges, le chœur prêt avec l'Epoux s'installe :
Alors des instruments les sons harmonieux,
Se mêlant aux accords des chants mélodieux,
Font éclater partout la plus vive allégresse,
Les transports les plus doux de la plus chaste ivresse.
Les vierges sans prudence enfin sont de retour ;
Elles veulent entrer et faire aussi leur cour :

Vainement du festin le désir les transporte,
De la salle, l'Epoux avait fermé la porte ;
« Pardonnez-nous, Seigneur, et de grâce ouvrez-nous !
Nous devions nous trouver aux noces avec vous :
Un retard malheureux nous a fermé la salle,
Permettez qu'après vous, Seigneur, on nous installe ! »
« Non ! de mes seuls amis je chéris les appas :
Allez, leur dit l'Epoux, je ne vous connais pas ;

Il fallait, près de moi, vous trouver tout-à-l'heure,
Vous seriez pour jamais dans ma sainte demeure,
Mais, pour toujours fermé, mon ravissant palais
Ne saurait, croyez-moi, se rouvrir désormais. »
O désespoir affreux ! ô douleur trop amère !
De ces vierges, hélas ! qui peindra la misère?
Qui dira les sanglots ? le profond repentir ?
Ainsi nous surprendra le grand jour à venir !

LE CHEF-D'ŒUVRE DE L'AMOUR DIVIN.

O cieux ! abaissez-vous, contemplez votre Maître
Dont le divin regard s'est dirigé vers nous :
Que son extérieur affectueux et doux
Projette en cet instant de charmes sur son Être !

Voyez bondir son cœur de bonheur, de tendresse :
Son âme, pour les siens, semble se dévouer ;
L'heure qu'il désirait vient enfin de sonner ;
Pensez-vous qu'orphelins deviendront ceux qu'il laisse ?

« Je les ai conservés, » a-t-il dit à son Père ;
Mais c'est peu, désormais il voudra les nourrir ;
Eh ! demain, sur la croix, ne doit-il pas mourir ?
Comment exécuter.,. Adorons le mystère

Jésus majestuenx bénit et fractionne
Le pain qui, par sa voix, en son corps est changé ;
Entre ses douze amis Jésus l'a partagé,
C'est ainsi que lui-même en aliment se donne.

Puis, bénissant le vin que contient le calice,
Il le change en son sang et le présente à tous :
Il veut qu'en sa mémoire, à son Père en courroux,
On offre constamment ce divin sacrifice.

Pour nos crimes, Jésus, vous voulez satisfaire,
Hélas ! ignorez-vous que les pervers humains
Vont, par leurs noirs forfaits, leurs ignobles desseins,
Changer en Golgotha tous les lieux de la terre ?

Il le sait, il le voit, ce Sauveur tout aimable,
Qu'un grand nombre à l'envi transpercerons son cœur,
Mais, sur quelques mortels, il restera vainqueur,
Il pourra les nourrir de sa chair adorable.

O bon Jésus ! qu'ici les saints anges adorent,
Qu'ils sont beaux ! gracieux, vos divins pavillons !
Nos cœurs ont préféré la douceur de vos dons
Aux palais enchanteurs que les mondains décorent.

Enfermé jour et nuit dans l'étroit tabernacle,
Sans cesse au Ciel pour nous il présente son cœur :
Il est notre Avocat, notre Médiateur,
Et pour s'unir à nous il sort de ce cénacle.

Dans vos temples, mon Dieu ! noble ami, tendre père,
Prisonnier de l'amour, puissant consolateur,
Vous exaucez nos vœux, vous calmez la douleur,
En un ciel vous changez notre exil sur la terre.

Qu'à jamais, en ce lieu, nos vœux et nos hommages,
Pour s'élever vers vous s'unissent de concert ;
Au pied de votre autel, hélas ! souvent désert,
Puissent-ils réparer de trop sanglants outrages.

LES PARFUMS DE LA RELIGION

A LA RELIGION.

Lien sacré qui du séjour d'alarmes
As fait souvent un séjour de bonheur,
Oui, ton pouvoir est pour nous plein de charmes,
Tu nous conduis au divin Créateur.
Si l'indigent qui, sous sa paille humide,
Se voit privé de tous biens ici-bas,
Fait jusqu'à toi monter sa voix timide,
Tu le soutiens et tu lui tends les bras.

Quand la douleur de sa pointe cruelle
Perçait mes sens débiles, abattus :
« Dans le parvis de la gloire éternelle
» Vas, m'as tu dit, tu ne souffriras plus ;
Ainsi que toi, le Sauveur adorable
S'est vu cloué sur un lit de douleurs ;
Offre tes maux à ce Dieu tout aimable,
Et sa bonté viendra sécher tes pleurs. »

Si du mortel le trop faible courage
Tend à fléchir sous un constant labeur,
Tu fais briller à ses yeux l'avantage
Qui va bientôt ranimer son ardeur :
« Oh! lui dis-tu, trop heureuse victime
Que les travaux consument lentement,
Vois ta couronne, et qu'un regard t'anime
A supporter tes maux patiemment. »

Lève ton front, Religion céleste :
Et de ton voile écarte les longs plis,
Que je contemple et ton regard modeste,
Et de tes traits les charmes accomplis !
Que ton flambeau chaque jour nous éclaire ;
A sa faveur on ne peut s'égarer ;
Trois fois malheur au mortel téméraire
Qu'un sot orgueil, sans toi, veut inspirer.

Mais se peut-il, Religion divine !
Quoi ! l'homme ingrat repousserait ta main !
De ta céleste et royale origine
Il oserait nier le fait certain ?
Oui, de l'enfer soudain l'ignoble rage
Ose hardiment s'élever contre toi ;
Quoi donc ! Seigneur, dans un affreux naufrage
Pourrions-nous voir succomber notre foi ?

Qu'osé-je craindre et quel effroi timide
Cherche à troubler de la paix le séjour ?
Nouvel Oza, sur sa base solide,
A ta sainte arche, en ce malheureux jour,

Porté-je un bras orgueilleux, téméraire
Je vois, Seigneur, ton secours se hâter ;
Bien plus qu'à nous, ton Epouse t'est chère,
Et tu promis de toujours l'assister.

Battez des mains, vrais enfants de l'Eglise
De notre Dieu la cause a triomphé :
C'est que la terre à son sceptre est soumise
Dans ses efforts, l'impie est étouffé !
Oui, son orgueil, misèrable poussière,
Proclame au loin Jésus victorieux ;
Mais toi toujours repose sur la pierre,
Religion ! noble fille des cieux !!!

PASSAGE DE LA MER ROUGE.

Israël délivré d'un horrible esclavage,
A la douce lueur d'un merveilleux nuage,
S'acheminait heureux, mais d'un pas grave et lent,
A travers les déserts, sur un sable brûlant.
Déjà, depuis trois jours, il poursuivait sa route
Sur les pas du grand chef que Dieu même choisit ;
En ce jour, à lui seul, Israël obéit :
Son cœur plus sérieux l'apprécie et le goûte.

Mais ses regards soudain d'un nuage se couvrent.
L'Egyptien le suit et ses yeux le découvrent !
Il ne s'est point trompé, c'est le prince orgueilleux
Que suivent au galop ses escadrons nombreux.

Où va cet insensé, dans sa course rapide?
Il va fermer la voie aux enfants des Hébreux
Que pendant si longtemps il rendit malheureux
Il va fouler encor ce peuple si timide !

Oui, jusqu'à cet excès, l'idolâtre s'abuse,
Le départ d'Israël, il l'appelle une ruse ;
Il oublie à l'instant la soudaine terreur
Dont le Ciel le frappa par l'Exterminateur :
Du Dieu qui le poursuit, méprisant la vengeance,
Le Prince au front superbe, au cœur audacieux,
Veut sous son cruel joug ramener les Hébreux :
Trop tard il connaîtra sa funeste démence.

L'armée, avec ardeur, poursuit sa marche fière,
Et la mer Rouge oppose une immense barrière :
Faudra-t-il succomber au plus affreux trépas !
Mais déjà du Très-Haut je vois agir le bras :
La nuée imposante éclairant la colonne,
Se transporte à l'instant à l'autre extrémité ;
Lorsque Israël avance à sa douce clarté,
L'Egyptien s'égare et la nuit l'environne.

« Conducteur de mon peuple, étendez votre verge
Et, dit Dieu, dans ce lit que l'Océan submerge,
A pied vos nombreux fils passeront sans danger.
Ne craignez point pour eux l'effort de l'étranger,
Je ferai, sous vos yeux, éclater ma puissance.
Au signe impérieux du saint Législateur,
La mer de qui les flots s'élèvent en hauteur,
Offre, aux fils d'Israël, une ouverture immense. »

L'heureux peuple est entré dans la route solide,
Sous les pas du saint Chef qui le sauve et le guide,
L'ange du Dieu vivant le protége à son tour.
Heureux fils de Jacob, objet de tant d'amour,
Allez, votre carrière en étonnants miracles
Sera toujours féconde aux yeux du genre humain;
De 'vos livres sacrés l'enseignement divin
Aux siècles à venir montrera ses oracles.

Pharaon cependant près de la mer arrive
Et, sans plus consulter la prudence craintive :
« Profitons du bienfait, dit-il à ses guerriers ;
Nous n'aurons rien perdu pour venir les derniers.
Poursuivons Israël à travers ce passage ;
Hâtons-nous, la colonne a gagné l'autre bord ;
La victoire est à nous, redoublons notre effort,
Montrons au peuple hébreu ce que peut le courage. »

Mais ses coursiers fougueux, effrayés, indociles ,
Refusent d'avancer en ces chemins faciles ;
Soudain le char doré du monarque orgueilleux
Couvre, de ses débris, les sentiers périlleux.
« A moi, dit-il, guerriers, retournons en arrière :
Contre nous le Seigneur combat pour Israël ;
Fuyons son bras puissant et son pouvoir cruel : »
Mais du coupable roi sonne l'heure dernière.

« Sur la mer étendez votre verge, ô Moïse !
Dit le Dieu tout-puissant, que, tout-à-coup surprise,
L'armée, en un instant, se perde sous les eaux : »
Le saint homme obéit, les ondes en monceaux

Dans les gouffres béants précipitent leur cîme.
Alors, chefs et soldats, piétons et cavaliers,
Tentes et pavillons, chariots et coursiers
Roulent confusément, engloutis dans l'abîme.

De cadavres épars la mer Rouge est couverte,
Et les cris des mourants dans la plaine déserte
Font retentir les airs et tressaillir les bois :
Nul secours ne répond à ces plaintives voix.
Le Ciel demeure sourd aux plaintes des victimes ;
Plus de compassion, de salut ni d'espoir :
Pas un homme, échappé d'un naufrage aussi noir,
Ne peindra le tableau de ces terreurs sublimes !

LE SERPENT D'AIRAIN.

Iraël au désert allait finir sa course,
Car les ans de l'exil approchaient de leur fin :
Vers le pays promis il se dirige enfin :
De ses ennuis bientôt va se tarir la source.
Au prince Iduméen, par ses ambassadeurs,
Le noble chef hébreu réclame le passage
Et jure, de sa part, que pas un seul dommage
Ne sera fait chez lui ; mais que, selon l'usage,
On paira les achats jusqu'aux moindres valeurs.

Mais du fils d'Esaü le cœur sombre et farouche
N'a garde d'accorder cette grande faveur :

4**

Excitant ses guerriers par sa mâle valeur,
Il marche l'œil ardent et l'injure à la bouche.
Le peuple du vrai Dieu s'éloigne à son aspect
Et, pour mieux l'éviter, prend un détour immense
Mais, lassé de sa course et perdant patience,
Il se plaint du Seigneur, il murmure, il l'offense,
Et Moïse à ses yeux est devenu suspect.

« Pourquoi, disait ce peuple ingrat, léger, volage,
Nous avoir amenés dans cet affreux désert?
L'Egypte où nous étions accablées sous nos fers,
Ne nous offrit jamais un plus dur esclavage :
Nous n'avons point de pain, souvent nous manquons d'eau,
Notre unique aliment c'est la manne légère,
Nourriture uniforme autant que passagère :
A son aspect, nos cœurs se soulevaient naguère ;
Nous ne saurions plus loin porter un tel fardeau. »

C'est ainsi qu'outrageait l'aimable Providence
Ce peuple trop mutin et trop murmurateur ;
Du Dieu qui le protége il maudit la douceur,
Il appelle sur lui les traits de sa vengeance.
Soudain, de toutes parts, des serpents venimeux
Quittent, au nom de Dieu, leurs retraites impures,
Fondent sur les Hébreux, les couvrent de blessures,
Qui transpercent leurs chairs comme autant de brûlures :
Par milliers, sur le sol, tombent ces malheureux.

Moïse, avec ferveur, devant Dieu se prosterne :
Comme ses fils chéris il aimait les Hébreux ;

En les voyant souffrir, il souffrait avec eux,
Et leur malheur immense en ce jour le consterne .
« Pardonnez, Dieu clément! au profond repentir
De vos fils moins encore affligés que coupables ;
Pour eux de vos bontés, de vos soins admirables
Verrions-nous en ce jour les sources se tarir ?

» Laissez tomber sur eux votre miséricorde
Et des fils d'Abraham venez sécher les pleurs.
Seriez-vous insensible à d'immenses douleurs ?
Non, le pardon, toujours votre cœur nous l'accorde.
Eloignez le fléau par votre bras puissant !
Souvenez-vous, mon Dieu, de vos saintes promesses
Aux enfants d'Israël : Vos divines largesses,
En couvrant du pardon leurs défauts, leurs faiblesses,
Montreront à la terre un Dieu compatissant. »

« Vos accents m'ont touché, répond le divin Maître ;
Les cris de mes enfants font écho dans mon sein :
Construisez promptement un long serpent d'airain,
A son aspect, la mort va soudain disparaître.
Au moyen d'un poteau, montez sur la hauteur
Elever ce reptile, et donnez l'assurance
Aux enfants des Hébreux, brisés par la souffrance,
Qu'en arrêtant les yeux sur cette humble apparence ;
Ils seront délivrés, grâce à l'airain sauveur. »

Dès que du Rédempteur apparaît le symbole,
Les malheureux blessés, accablés de chagrins,
Tournent vers lui des yeux mourants et presqu'éteints

Ils croyaient fermement à la sainte parole.
La victime, à l'instant, est soustraite à la mort,
Le blessé quitte enfin sa couche douloureuse,
Et, se sentant guéri d'une morsure affreuse,
La santé qu'il reçoit porte son âme heureuse
A bénir le Seigneur dans un joyeux transport.

Dans ce serpent sauveur, sachons tous reconnaître
Le Seigneur attaché sur l'arbre du salut.
Nous ravir à la mort est le sublime but
Et le désir brûlant de notre divin Mnître.
O vrai serpent d'airain, que toujours mon regard,
Reste fixé sur toi jusqu'à ma dernière heure;
Qu'au pied de ton gibet constamment je demeure
Et qu'en fermant les yeux, dans la sainte demeure,
J'obtienne, par ton sang, d'arriver sans retard.

LE CONCILE ŒCUMÉNIQUE DE 1869.

A toi, nos âmes soumises,
Eglise, objet de notre amour.
Qu'il brille à nos yeux l'heureux jour
Où s'ouvriront encor tes divines assises.

D'où nous parviendra le remède
Capable de guérir ces maux
Qui nous entraînent aux tombeaux ?
Ce remède puissant, seul le Ciel le possède.

L'impiété, par ses manœuvres
Sème le venin de l'erreur ;
Elle a proscrit ton nom, Seigneur !
Les malheurs de nos temps sont le fruit de ses œuvres.

Avant de frapper, ta colère
Parait sur ton front irrité.
D'où nous reviendra ta bonté ?
De nos vœux adressés à ta divine Mère.

Puis, de cette auguste assemblée
Que l'Esprit-Saint dirigera
Et que Pierre présidera
Dans le temple où la foi garde son mausolée,

Par l'Eglise qui nous éclaire
Toujours le Verbe parlera ;
Par elle d'En-Haut nous viendra
Le secours mérité par Jésus au Calvaire.

O Rome ! Rome catholique,
Qu'en toi tressaillent tes enfants ;
De l'enfer rends-les triomphants,
Qu'ils soient les défenseurs du Siége apostolique !

Et toi, vaillante et noble France !
Toi, de l'Eglise le bras droit,
Du Saint-Père défends le droit,
Sois sa consolatrice en sa longue souffrance.

A ta Mère, fille docile,
Pleine de respect à sa voix,
Sois son héraut comme autrefois,
Appuyant de ton bras les lois du saint Concile !

PARAPHRASE DU PATER NOSTER.

Ici l'indigence
Veut sur ma naissance
M'abuser en vain
Au séjour divin,
Dans l'Eternel je reconnais mon Père.
En ces lieux exilé royal,
Bientôt d'un bonheur sans rival
Près du Très-Haut je jouirai j'espère.

Que tout sanctifie,
Mon cœur t'en supplie,
Ton nom révéré ;
Qu'à ce nom sacré
La terre en pleurs reprenne confiance :
A ton bercail, divin Pasteur,
Nous accourons avec ardeur,
Sur nous grand Dieu ! que ton règne commence.

Au céleste empire
L'ange saint n'aspire
Qu'à suivre en tout lieu
L'ordre de son Dieu :

De même ici que ta volonté sainte
  Soit faite avec empressement,
  De nos cœurs c'est là l'élément :
D'y manquer jamais que ce soit ma crainte.

    Le fils en son Père
    En tout temps espère :
    Donne en ton amour
    Le pain chaque jour.
Que ta bonté pardonne notre offense
  Ainsi qu'à notre débiteur
  Nous pardonnons du fond du cœur,
C'est là, dis-tu, le poids de ta balance.

    Entends la prière
    De l'Eglise entière.
    Près d'elle surgit
    Le dragon maudit.
De ces dangers que ta main nous délivre,
  C'est là notre souverain mal;
  Fais qu'en quittant ton tribunal,
Au Ciel, en toi, mon Dieu, nous puissions vivre.

PARAPHRASE DE L'AVE MARIA.

Doux trésor des vertus ! gracieuse Marie !
Salut ! Ah ! ton nom seul embellit notre vie :
Le Tout-Puissant sur toi, répand à pleines mains,
Ses dons qu'avec mesure il accorde aux humains.

Temple du Saint-Esprit ! le Maître de la terre ,
Se repose en ton cœur comme en son sanctuaire ;
Eh ! quel endroit pourrait mériter son amour
Mieux que cet admirable et ravissant séjour ?

Domine sur les fronts ornés du diadème,
Délice du Très-Haut ! aimable Souveraine
Que l'Être Tout-Puissant distingue en Israël ;
Dieu te pare à nos yeux d'un éclat immortel.

L'Homme-Dieu, dans ton sein, voulut prendre naissance,
Le Très-Haut place en lui toute sa complaisance,
Pour héritage à lui donnant les nations,
Le Rédempteur reçoit leurs bénédictions.

Douce et tendre Marie ! ô Vierge incomparable !
Oh ! du Dieu de bonté toi la Mère admirable !
Contemple, dans les cieux, les saints formant ta cour
Et vois nos cœurs pour toi tout embrasés d'amour.

Que toujours à nos vœux ton regard soit propice ;
De tes fils exilés montre-toi protectrice ;
Que ton cœur indulgent s'ouvre aux pauvres pécheurs
Et de ton Fils sur eux fais tomber les faveurs.

De ta protection soutiens-nous, bonne Mère !
Aussi longtemps que Dieu nous tiendra sur la terre ;
Mais quand viendra pour nous le moment de la mort,
Adoucis notre effroi, conduis-nous dans le port.

MEMORARE.

Souvenez-vous, Reine puissante,
Que jamais aucun des mortels,
En vain, au pied de vos autels,
De vos suffrages maternels
N'implora la bonté touchante.

Dites plutôt, siècles antiques,
Nombreuses générations,
Ce qui, dans toutes nations,
Monta de bénédictions
Dans vos augustes basiliques.

C'est pourquoi, pauvre pécheresse,
Embrassant un pareil espoir,
Marie, à vos pieds, chaque soir,
Mon âme, heureuse de vous voir,
Vient implorer votre tendresse.

Ne rejetez pas, tendre Mère,
Les accents d'un cœur filial :
Que votre pouvoir sans égal,
Dans votre séjour triomphal
Offre à votre Fils ma prière.

L'ANGE GARDIEN.

Ne te désole pas, enfant qui viens de naître,
Cher petit bien-aimé ! le Très-haut pense à toi

A tes côtés, soudain, n'as-tu pas vu paraître
Un céleste envoyé de la cour du Grand Roi ?

Auprès de ton berceau c'est un ami fidèle,
Jour et nuit, pour t'aimer, il reste désormais.
Il te sourit parfois, te couvre de son aile
Et de tes ennemis il repousse les traits.

Combien ce protecteur mérite ta tendresse !
Aime-le, mon enfant, d'un amour fraternel ;
Surtout, crains de causer sciemment sa tristesse ;
Ses inspirations te conduiront au Ciel.

O vous, Garde d'honneur ! digne envoyé céleste !
Que votre mission me touche, me ravit !
Mortel tombé des cieux, du bonheur qui te reste
Reconnais la grandeur, écoute mon récit :

Quand, brisé des chagrins que cause l'infortune,
Ton cœur souffre, gémit et se sent malheureux,
Délaissé des humains que ta plainte importune,
Songe qu'à tes côtés est un ange des cieux !

Fais part de ta douleur à cet être sensible,
Il entendra ta plainte et sa compassion,
Constante, salutaire et toujours accessible,
Sur tes maux répandra la consolation.

Naguère, préservé d'un accident funeste,
Tu crus que tu devais ton salut au hasard ;
Tu le dus à la main du protecteur céleste
Dont sur toi, constamment est ouvert le regard.

Ah! si tu connaissais les traits diaboliques
Que dirige sur toi le serpent infernal,
Tu verrais l'intérêt, les secours énergiques
Que porte à ton salut ton ami sans rival.

De ton juge irrité fréquemment la justice
Pour tes défauts nombreux aurait dû te punir ;
Ton ange, mille fois, te la rendit propice,
Promettant de ta part un meilleur avenir.

Lorsque de l'indigent écoutant la prière,
A la tendre pitié tu sens s'ouvrir ton cœur,
C'est l'inspiration de l'ange qui t'éclaire
Et t'excite à porter du secours au malheur.

Quand à ton ennemi tu pardonnes l'injure
Et que de l'affligé tu taris le chagrin;
Et quand patiemment tu souffres la torture,
Après Dieu tu le dois à l'ange gardien.

Au dernier de tes jours, parents, amis, richesse.
Impuissants pour t'aider te manqueront soudain ;
Mais ton saint protecteur, fidèle à sa tendresse,
Suivra tes pas tremblants au tribunal divin.

Ministre du Très-Haut, Ange saint, Prince aimable,
Pour vos soins, vos bienfaits, trois fois je vous bénis !
A mon dernier instant, soyez-moi secourable,
Pour qu'un jour dans les cieux nous soyons réunis.

L'AUMONE.

L'étrange et bizarre assemblage
D'opulence et de pauvreté
Qui nous semble accuser l'ouvrage
De l'adorable Trinité,
Nous prouve de l'Être suprême
La douce et tendre affection :
Autant, nous dit-il, qu'à toi-même
Porte au prochain compassion.

Oui, telle est la mesure unique
Que donne à l'amour fraternel,
Celui qu'un amour héroïque
Porte à s'immoler sur l'autel :
Indigent, c'est la patience
Qui t'ouvrira l'heureux séjour ;
Riche, c'est par la bienfaisance
Qu'à Dieu tu parviendras un jour.

Vous, heureux entre tous les hommes,
Vous, si bien pourvus ici-bas,
De Dieu comme les économes
Ne vous considérez-vous pas ?
Oui, par vos richesses fragiles,
Aux cieux faites-vous des amis,
Pour qu'un jour, dans ces lieux tranquilles
Vous soyez dignes d'être admis.

Ah ! tandis qu'en ton char rapide,
Tu cours à de brillants festins,
Riche, entends-tu la voix timide
Qui te prie en joignant les mains ?
Vois, c'est une mère qui pleure
Et près d'elle est un jeune enfant;
Ils ont fui la triste demeure,
Poussés par un besoin pressant.

Si des privations affreuses
Vous voulez un tableau frappant,
Montez ces rampes ténébreuses
Où l'infortune vous attend ;
Voyez dans ces tristes mansardes,
Ces enfants aux traits amaigris :
Et les trop misérables hardes
Qui couvrent leurs membres transis.

Oh! par pitié ! donnez bien vite
A ces êtres intéressants :
Mais un sentiment noble évite
D'humilier par des présents :
Respectez la délicatesse
Qui n'ose vous solliciter
Et, qu'en soulageant sa détresse,
Votre main semble l'éviter.

Avez-vous lu dans l'Evangile,
Le riche et Lazare indigent?
L'un, perdu pour un bien fragile,
L'autre au sein du bonheur nageant,

5

C'est Jésus-Christ qui, pour lui-même,
De Martin reçoit le manteau :
Sa générosité suprême
Donne les cieux pour un peu d'eau.

TURENNE.

Invincible guerrier ! l'orgueil de notre France,
De tes fameux exploits que le temps fait grandir,
De tes nobles vertus que rien ne peut ternir,
Je voudrais célébrer le vivant souvenir ;
A ma témérité prête ton indulgence.

Qu'il était beau de voir cet homme incomparable,
Au retour des combats gagnés par sa valeur,
D'un enfant à la cour rapporter la candeur
Et sur son large front se peindre la rougeur,
Dès qu'on louait en lui sa conduite admirable.

Ce n'était point à lui qu'on devait, à l'entendre,
Attribuer l'honneur d'aussi brillants succès :
Ses soldats courageux ne reculaient jamais,
C'était le sort heureux favorable aux Français,
L'ennemi se trompait ou voulait bien se rendre.

Auprès du maréchal, si l'on était novice,
A l'entendre, on pouvait le juger étranger
Aux exploits qui lui seul avait su diriger ;
Aux périls que toujours il savait partager :
De son armée enfin il était le délice.

Pour ses soldats, d'un père il avait la tendresse :
Pourvoir à leurs besoins, ménager leur santé,
Prodiguer envers eux des actes de bonté,
Trouver son seul plaisir dans leur félicité ;
A conserver leur vie il mettait sa sagesse.

Conseils ingénieux, combinaisons profondes :
C'était moins aux combats qu'aspirait le héros,
Qu'à rendre à son pays des services plus beaux,
En préservant du sang ses immortels drapeaux,
En trompant l'ennemi par ses ruses fécondes.

Comment, sans l'amoindrir, peindre sa bienfaisance ?
En tous temps au malheur son cœur était ouvert ;
Mais le bienfait toujours dans sa main fut couvert :
Il semblait obliger au milieu d'un désert,
Tant, sur des traits si beaux, il gardait le silence.

Son nom signifiait humanité, courage,
Talents, sincérité, modestie et douceur.
Politesse, bonté, indulgence, candeur
Se dessinaient en lui, rehaussaient sa grandeur,
Et formaient en son cœur le plus bel assemblage !

Trois fois il refusa le rang de connétable :
Ne voulant à tel prix, renoncer à l'erreur
De la Religion qui, par un grand malheur,
Avait, dans la Réforme, enveloppé son cœur
Et placé sous ses yeux un bandeau déplorable.

Mais de tant de vertus l'assemblage sublime
A Turenne ouvrira tous les trésors du Ciel :
Illustre Bossuet, au nom de l'Eternel,
Eclairez du flabeau divin, surnaturel,
Le héros que l'enfer espérait pour victime.

Dès le moment heureux qui l'unit à l'Eglise,
Au plus fervent disciple on put le comparer ;
Un monde corrompu ne saurait l'égarer ;
Rien de l'amour du Christ ne peut le séparer ;
Directement à Dieu marche sa foi soumise.

Nos soldats valeureux, aux plaines d'Allemagne,
Au grand nom de Louis portent leur étendard ;
Guerrier inimitable, allez ! votre départ
Nous est un sûr garant que, sans un long retard,
A l'honneur des Français finira la campagne.

Déjà, depuis trois mois, son glaive redoutable
Faisait plier au loin les Allemands soumis ;
Il voyait défiler ses nombreux ennemis :
Un boulet, par le Ciel à ce dessein commis,
Passe, emporte son cœur !!!! oh ! perte irréparable !

LES CINQ SOURCES DE LA VIE.

Salut vestiges saints ! stigmates adorables,
Des travaux du Sauveur souvenir précieux !

Du pécheur repentant asiles favorables,
Gage heureux du pardon que lui départ les cieux.
Salut divines mains, de biens sources fécondes,
Par vous les dons des cieux découlent dans nos cœurs :
Le péché vous perça, vos blessures profondes
Sont encor le recours des malheureux pécheurs.
Salut, pieds vénérés, dont les courses nombreuses
Des mortels égarés dirigeaient le retour :
Nos âmes ici-bas ne se trouvent heureuses
Qu'en s'unissant à vous et la nuit et le jour.
Sur nous faites couler de vos saintes blessures,
Le sang, prix infini de la rédemption ;
Qu'il lave du péché les noires flétrissures ;
Qu'il dirige nos pas vers la sainte Sion.
Salut, ô Cœur divin ! Cœur du plus tendre Père !
De ton amour pour nous qui décrira l'ardeur !
Nos crimes ont du Ciel allumé la colère,
Tu l'enchaînes, l'éteins par ta sainte douceur
Ton centre traversé par la lance cruelle,
Devient un sûr abri pour le déshérité ;
Que de ce doux foyer s'échappe une étincelle,
Elle allume en nos cœurs la pure charité.

REGINA MARTYRUM.

Jésus manifestait sa grandeur, sa puissance,
Et Marie avec soin se tenait à l'écart :
Mais faut-il du Sauveur partager la souffrance,

Sur le cœur maternel portons notre regard :
Les bourreaux, sur le corps du Sauveur adorable
Font pleuvoir avec rage une grêle de coups.
Dans ce drame sanglant, ce supplice effroyable,
Vers le cœur de Marie, anges, dirigez-vous,
Voyez le répandant en abondance extrème,
Le sang qu'avec Jésus un jour il partagea :
Jugez à ce tableau de sa douleur suprême ;
Nul mortel ne la vit, nul ne la soulagea.
Les innombrables coups qui de la chair divine
Arrachent et sanglants font voler les lambeaux,
Retentissent soudain sur cette autre victime
Dé son cœur virginal arrachent des sanglots,
Lorsqu'à Jérusalem au milieu de la gloire,
Jésus voulut entrer comme un triomphateur,
Nul témoin de Marie ici ne fait mémoire,
Son aspect en ce lieu n'est lu dans nul auteur.
Mais quand pour avilir sa puissance royale,
D'une épine cruelle on couronne Jésus,
Le regard maternel suit la scène fatale,
Les affronts, les tourments par lui sont aperçus :
Il voudrait partager la triste ignominie,
Les traitements cruels dont son Fils est pressé.
Oui, c'est en ce moment que la douce Marie
Sentit son tendre cœur de douleur transpercé.
Quand, rappé sous le coup d'une sentence nique,
Le divin Rédempteur dut marcher sous sa croix,
Suivant avec ardeur les pas d'un Fils unique,
Marie adore en Lui, son Dieu, le Roi des Rois :
Ses vêtements souillés, son extrême faiblesse,

Son visage divin voilé par les crachats,
Tout en lui de sa Mère augmente la tendresse ;
Elle accourt vers son Fils et l'étreint dans ses bras.
Mais, lorsque le Sauveur, par trois clous déicides,
Fut fixé, suspendu sur l'arbre du salut,
Quand tous les cœurs émus, quand tous les yeux humides
Se tournaient, pleins d'effroi, vers ce sublime but,
Oh ! qui dira jamais l'angoisse de sa Mère ?
Qui peindra de son cœur l'affreux déchirement ?
Le sang de son saint Fils découle jusqu'à terre ;
Ses membres sont livrés au plus cruel tourment !
Sur son front s'aperçoit la couronne cruelle !
Sa tête sur son sein se penche avec douleur ;
Son palais, desséché par une soif mortelle,
De la fièvre en son sein, vient d'allumer l'ardeur.
Près de la croix du Fils se tient, debout, la Mère :
Elle écoute sa voix et compte ses soupirs !
Qui donc mesurera cette douleur amère ?
Qui trouvera jamais plus poignants souvenirs ?
Pécheur, viens sur ce mont contempler de ton crime
Et la grandeur sans borne et l'effet désastreux ;
En voyant ces deux cœurs déchirés, douloureux,
Le tien s'est demandé : Lequel est la victime ?

A L'ARCHANGE MICHEL.

Entends, héros des cieux, Michel, illustre Archange,
Entends nos cris plaintifs et vois nos pleurs amers;
Vois à notre horizon cette ceinture étrange :
Nous sommes écrasés par vingt fléaux divers.

Le Très-Haut contemplant la céleste phalange,
T'y place au premier rang et, pour briser nos fers,
Il te fait notre chef, à ta suite il nous range.
Guidés par toi, Michel, nous vaincrons les enfers.

Avec ardeur déjà, pour la France éplorée
Tu combats vaillamment, sa cause t'est sacrée ;
Avance, nous marchons sous ton noble étendard.

Grand Dieu ! quel effrayant et terrible carnage !
Terrassé par Michel, Satan frémit de rage.
Sur les Francs, ô Jésus ! viens, règne sans retard.

A LA REINE VICTORIEUSE.

Tout te chante en ce jour, Reine de la victoire
La terre unie aux cieux répète ton amour :
Jusqu'aux pieds de ton Fils nous élevons ta gloire
Après Lui, c'est à toi que nous devons le jour.

Ton nom plus que jamais vivant dans notre histoire,
Des Lyonnais, tes fils, recevra le retour :
De plus en plus nombreux, à ton saint oratoire,
Nous mettrons notre zèle à composer ta cour.
Ah ! de notre cité puissante Gardienne,
Le salut est ton œuvre, et la France chrétienne
Par toi vient de revivre et de trouver son Dieu.
Conserve à ton royaume, ô Vierge immaculée !
La foi de ses aïeux, et, de cette vallée,
Introduis, près de toi tes enfants au Saint-Lieu.

LE TRAIT-D'UNION

ENTRE LE CIEL ET LA TERRE

DIEU.

De Celui qui donna la vie à la poussière
Et sur toi fit tomber de sa gloire un rayon,
De Celui dont un mot fit jaillir la lumière,
Du principe infini, mortel, dis-moi le nom.

Ses ouvrages partout aux regards le révèlent ;
L'espace sans limite annonce sa grandeur ;
La nuit l'annonce au jour, ses bienfaits le décèlent ;
Chaque être le publie, il est le Créateur.
Toutes les nations lui rendent témoignage :
Dans leurs cris de douleur, dans leurs joyeux plaisirs,
Sur leurs lèvres toujours son nom ouvre un passage,
Vers lui, sans le vouloir, ils poussent leurs soupirs.
C'est donc ce Dieu puissant, c'est cet Être immuable
Qui m'a créé de rien et qui se peint en moi,
Des biens qu'il m'a donnés je lui suis redevable ;
Il me conserve seul, en lui seul est ma foi.

De ton être chétif, que prétendais-tu faire,
Quand son pouvoir divin te tira du néant?
Pourquoi ce Dieu si grand te mit-il sur la terre
Et te protège-t-il de son œil vigilant?

Si de ce Dieu puissant, j'ai reçu l'existence,
Si son bras de ma tête éloigne le danger,
Si chaque jour, de lui, me vient la subsistance,
Peut-il à mon destin demeurer étranger?

Il veut que de lui seul je fasse mon étude :
De cette connaissance en moi naîtra l'amour.
A qui donc m'attacher, Dieu de mansuétude,
Si ce n'est à toi seul? Prends mon cœur sans retour.
Il veut que de son joug si léger, si suave,
L'Être qui lui doit tout consente à se charger;
A son service, enfin, appelant son esclave,
Lui-même, en ses travaux, il vient le soulager.
C'est à ce faible prix qu'il lui promet sa gloire;
De son bonheur suprème il veut le rendre heureux ;
Vit-on jamais vainqueur, pour prix de sa victoire,
Récevoir de son Roi, sceptre si glorieux?

Mais ce Maître si bon, si doux, si magnanime,
Comment, dis-moi, mortel, peux-tu le définir?
D'où vient-il? quelle est donc son essence sublime ?
Où s'enferme cet Être impossible à saisir?

Ce divin Créateur est Esprit invisible,
Sans forme, sans couleur, sans figure à nos yeux,
Son âge est éternel, sa force est invincible,
Sa puissance est sans borne, il habite en tous lieux.

De ses perfections la somme est innombrable :
En chacune il est Dieu, c'est-à-dire infini ;
L'univers est son œuvre, et cet Être adorable,
Par un simple FIAT a tout fait, tout fourni ?
De son regard perçant il embrasse l'espace ;
La plus profonde nuit resplendit à son œil.
Au fond du cœur humain il lit ce qui se passe ;
Il pénètre, il descend jusqu'au fond du cercueil.

Mais ce Dieu si parfait n'a-t-il aucun semblable ?
Un autre Tout-Puissant n'a-t-il pas existé ?

Non ! l'Être indépendant, nécessaire, adorable,
Ne peut avoir d'égal, lui seul est unité.
Si par hasard, ou mieux disons : par impossible,
Dieu trouvait son pareil, il ne serait plus Dieu ;
Son pouvoir sans rival serait inadmissible,
Et son infinité cesserait d'avoir lieu ?

LA SAINTE TRINITÉ.

Comment croire en un Dieu renfermant trois personnes ?
L'orgueil humain ici ne voit qu'absurdité !
Arrête, homme superbe ! ici tu déraisonnes :
La foi connaît et veut cette pluralité.
Trois personnes en Dieu sont vraiment bien distinctes,
Le Père engendre un Fils et tient le premier rang ;
C'est de cette union des trois Personnes saintes .
Qu'un jour pour nous le Fils vint nous donner son sang.

Au second rang placé dans le conseil suprême,
Par l'amour ineffable à son Père il s'étreint,
Ce réciproque amour produit un fruit lui-même ;
Et ce fruit bienheureux se nomme l'Esprit-Saint.

Pensez-vous que, parmi les divines personnes,
Une plutôt que l'autre ait droit à notre encens ?

Toutes, au même point, adorables et bonnes
Méritent nos honneurs, nos vœux reconnaissants.
En leurs perfections toutes trois sont égales :
Elles ont même gloire et même éternité ;
Du doute ici, fuyons les dangereux dédales ;
Humblement adorons l'auguste Trinité.

Le Père, son saint Fils, et l'Esprit adorable
Sont-ils Dieu ? le sont-ils chacun séparément ?
Et s'il en est ainsi, n'est-il pas véritable
Que trois Dieux sont ici prouvés bien clairement

Le Fils, le Saint-Esprit, aussi bien que le Père
Sont également Dieu ; gardons-nous néanmoins,
Pour flatter notre orgueil, de douter du mystère ;
A nous soumettre au Ciel apportons tous nos soins ;
Trois personnes sont Dieu, mais toutes trois ensemble
N'offrent à notre foi qu'un seul et même Dieu.

Cette affirmation au louche un peu ressemble ;
Expliquez-moi comment ce fait peut avoir lieu.

Ce fait, par la raison, est incompréhensible,
Et le langage humain ne saurait l'expliquer,

Mais, pour en crayonner une image sensible,
A la comparaison tâchons de l'appliquer :
Quand, de l'astre du jour, après la blanche aurore,
Le disque rayonnant se lève à l'horizon ;
Quand son manteau de feu, sur nos terrains qu'il dore,
Vient verser les bienfaits, l'abondance à foison,
A nos yeux apparait le triple phénomène :
Le disque, en son entier, brille au plus haut des airs ;
La clarté, la chaleur, produits de son domaine,
Frappent séparément tout ce vaste univers.
Cette triple action que le regard observe,
N'émane cependant que d'un même soleil.
De ce simple tableau que le cerveau conserve
Transportons le sujet sur l'Être sans pareil :
Trois personnes en Dieu partagent sa nature,
Il n'est, pour toutes trois, qu'une divinité.
La vérité pour nous reste toujours obscure,
Sans comprendre, adorons l'auguste Trinité !
Les plus brillants travaux de la raison infime,
Que sont-ils ? Moins que rien au prix d'une humble foi.
De l'adoration le silence sublime,
C'est là l'hymne, ô mon Dieu, le plus digne de toi !

L'INCARNATION.

N'est-il pas arrivé, qu'à la nature humaine,
En un temps désigné, le Tout-Puissant s'unit ?

Oui, c'est la vérité consolante et certaine,
Qui fit que, pour la terre, enfin le ciel s'ouvrit.

Le Fils de l'Eternel, son adorable Verbe,
Au second rang placé dans le Conseil divin,
Voulut des noirs démons terrasser la superbe
Et de l'ancien Serpent amortir le venin.

A quelle heureuse époque arriva ce prodige ?
Et comment s'accomplit un fait si surprenant ?

Comme un majestueux monument qu'on érige,
Ce temps de notre histoire est le point culminant.
Depuis que des voyants la bouche était muette,
Cinq siècles sur le monde avaient fini leur cours ;
Des oracles du Ciel, infaillible interprète,
L'univers attendait du Sauveur le secours,
But de quatre mille ans de désir et d'attente,
Et des siècles futurs brillant point de départ ;
Claire solution de la gloire éclatante
Des empires fameux, des chefs-d'œuvre de l'art.
A ce moment marqué, le messager céleste
Descend à Nazareth, humble, antique cité,
Et s'inclinant aux pieds de la Vierge modeste,
Il fait du Dieu vivant éclater la bonté :
Je vous salue, ô vous, gracieuse Marie !
Chef-d'œuvre de la grâce et Fille du Très-Haut ;
Des célestes trésors, largement enrichie,
A vous le Tout-Puissant confie un saint dépôt :
Vierge, vous concevrez et vous deviendrez Mère ;
Votre adorable Fils doit sauver Israël ;
Issu du roi David, sur le trône du Père
Il monte pour régner mais d'un règne éternel.

— De Dieu, dit-elle alors, je suis l'humble servante ;
En moi sa volonté se fera pleinement.
A cet heureux *fiat* la nature expirante
Reprend force et vigueur. Sur ce consentement
Le Fils de Dieu s'incarne et devient notre frère,
Dans le sein de Marie il vient passer neuf mois ;
Le Serpent est vaincu, Dieu règne sur la terre ;
Mortels, louez son nom et pliez sous ses lois.

LA NATIVITÉ.

Sous quels lambris dorés, dans quel palais splendide
Naquit ce roi puissant, digne de notre amour ?
Quelle armée eut l'honneur de lui servir d'égide ?
Quels heureux serviteurs composèrent sa cour ?

Nazareth de Marie était la résidence ;
Mais son Fils qui plus tard meurt à Jérusalem,
Selon la prophétie annonçant sa naissance,
Doit entrer dans le monde au bourg de Bethléem.
De l'empereur romain l'orgueil ou l'avarice
Veut voir de ses sujets le nombre assez précis :
Il est loin de prévoir que son labeur factice
A la lettre accomplit les célestes écrits.
Selon l'édit lancé par l'empereur Auguste,
Marie et son époux partent diligemment ;
Ils vont à Bethléem d'où leur famille illustre
Tirait son origine. Inscrits légalement,

Ils allaient retourner en leur petite ville,
Mais de la Vierge alors le terme est arrivé ;
A ses ordres Joseph, attentif et docile,
Va, demandant partout l'humble hospitalité.
Leur indigence éloigne ; on fuit à leur approche ;
Les portes devant eux se referment soudain ;
Il leur faut, en silence, essuyer un reproche,
Recevoir un affront, supporter un dédain.
Les ombres de la nuit, sous une roche aride,
Forcent les saints époux à se mettre à l'abri ;
C'est dans une humble étable et sur la paille humide
Que le Roi tout-puissant pousse son premier cri.
Etranger chez les siens, au début de la vie,
Ses membres sont transis par un froid rigoureux ;
Deux pauvres animaux servent de compagnie
Au Sauveur de la terre, au Souverain des cieux :
Un ministre, envoyé de la cité céleste,
Apparait aux bergers veillant sur leurs troupeaux :
Au plus vite partez, leur dit-il ; et je reste,
Je veillerai pour vous sur vos tendres agneaux ;
Un Sauveur vous est né dans une crèche obscure ;
Des langes indigents couvrent sa nudité ;
C'est notre Créateur, le Roi de la nature ;
Vous le reconnaitrez à cette pauvreté.

LA RÉDEMPTION.

Quel titre glorieux reçoit le Dieu fait homme ?
Et pourquoi donc le Verbe à nous s'est-il uni ?

Le Sauveur ou Jésus, c'est ainsi qu'on le nomme,
Et ce nom, en tous lieux, par tout peuple est béni.

Le Verbe s'est fait chair pour racheter le monde,
Pour ravir à l'enfer les coupables humains,
Ouvrir le Ciel fermé par notre vie immonde
Et peupler ce séjour et d'élus et de saints.

Comment sauvera-t-il, ô sublime partage,
Le genre humain assis à l'ombre de la mort ?

Pour nous tirer des fers du plus dur esclavage,
Pendant trente-trois ans, le Dieu puissant et fort
Se soumit, supporta les travaux, la fatigue,
Versant autour de lui la lumière et les dons.
Il fut, de ses trésors, à notre égard prodigue ;
Les peuples accouraient à ses divins sermons.
Mais, hélas ! en retour de sa sollicitude,
Constamment par les siens il est persécuté,
Et des Juifs orgueilleux, remplis d'ingratitude,
Quand il mettait au jour la fausse piété.
Il excitait souvent le feu de la colère ;
De Jésus-Christ leurs cœurs, pleins de haine et de fiel,
Méprisaient la doctrine et la morale austère,
De l'accessoire en tout faisaient l'essentiel.
Dans leur hypocrisie ils conjurent sa perte,
Contre le doux Sauveur arment l'autorité.
De prétextes pieux leur démarche et couverte :
Ils veulent, disent-ils, venger la vérité.
Les témoignages faux se produisent en masse ;
Jésus est accusé d'être perturbateur,

On couvre de crachats son adorable face ;
On voile d'un bandeau ses yeux pleins de douceur ;
On va ceindre son front d'une épine cruelle ;
Par les fouets des bourreaux son corps est déchiré !
De toute part, enfin, son sang sacré ruisselle ;
L'instrument de sa mort est déjà préparé.
Le gouverneur bien haut proclame l'innocence,
L'absence de tout crime en ce Saint accusé ;
Le lâche néanmoins prononce la sentence,
Après s'être un instant bassement excusé ?
Jésus sort pour monter au sommet du Calvaire.
On l'accable à l'instant d'une écrasante croix ;
Succombant sous le poids, il tombe sur la terre,
Se relève et retombe ainsi jusqu'à trois fois.
A peine arrive-t-il au terme de sa course,
Qu'entre deux malfaiteurs, sur la croix on l'étend.
Le sang, de son saint corps, jaillit comme une source ;
Entre le Ciel et Lui le pécheur le suspend.
Son agonie, hélas ! fut longue et douloureuse :
Dans la nuit, tout-à-coup, le monde fut plongé ;
Mais lorsque du Sauveur s'échappa l'âme heureuse,
D'épouvante saisi, le roc s'est partagé !
C'est par de tels travaux que Jésus nous rachète.
Que t'en semble, ô mortel ! a-t-il droit sur ton cœur ?
N'est-il pas ton Sauveur ? N'es-tu pas sa conquête ?
Vois ce qu'il a souffert pour te rendre au bonheur.

Dans la sombre demeure où le trépas l'enferme,
Le Sauveur des humains demeura-t-il longtemps ?

Par lui-même à trois jours était fixé le terme
Où, vivant, glorieux, le verraient ses enfants ;
Et, le troisième jour, au lever de l'aurore,
Son âme, à son saint corps soudain se réunit :
Parmi ses lieutenants il se retrouve encore,
Il boit, mange avec eux, leur parle, les bénit.
Pendant quarante jours il reproduit la preuve
Du fait miraculeux : sa résurrection !
Ses disciples soumis à la cruelle épreuve
De sa triste agonie et de sa passion,
Ses disciples témoins des tortures affreuses
Que leur Maître adorable endura sur la croix,
Contemplaient à loisir les traces glorieuses
Que la lance et les clous firent tous à la fois.
Quand la preuve pour tous se trouva convaincante,
Vers le mont Moria Jésus se dirigea ;
Près de lui se pressait une foule croyante,
A conserver sa foi le Sauveur l'engagea :
Il lui promit qu'au ciel il garderait sa place,
Que sur elle, bientôt, descendrait l'Esprit-Saint,
Qu'en leurs cœurs préparés il verserait sa grâce :
Enfin, d'un tendre amour son discours est empreint,
Puis, l'ayant achevé, sur ces enfants fidèles,
Ce Dieu bon étendit les mains pour les bénir
Et, soudain, s'élevant aux splendeurs éternelles,
Le Sauveur à son Père alla se réunir.

Ne doit-il plus jamais revenir sur la terre ?
Et, pour toujours, ce Dieu nous aurait-il quittés ?

Un jour il reviendra, précédé du tonnerre,
Environné de gloire, orné de majestés :
Le monde, à cette époque aura fini sa course,
Les astres éclatants seront alors éteints
Et, dans l'éternité, de même qu'à leur source,
Pour jamais à cette heure entreront les humains.
Les anges descendront ; ministres équitables,
Ils formeront la cour du divin Roi Jésus ;
A gauche ils placeront les maudits, les coupables,
A droite ils rangeront le peuple des élus.
C'est alors que la croix, ce signe d'espérance,
Brillant d'un vif éclat, paraîtra dans les airs ;
L'aspect du Livre ouvert, de la juste balance
Fera pâlir le ciel et frémir les enfers.
Soudain le Rédempteur devient juge sévère :
Son œil étincelant nous glace de frayeur ;
Si les vertus des cieux redoutent sa colère,
Hélas ! que deviendra le malheureux pécheur !
Devant son tribunal, citant sa créature,
Des replis de son cœur Dieu fouille les secrets.
Du juste, avec amour, il montre la droiture,
Les actes bienfaisants, charitables, discrets ;
Sur ces crimes pleurés il jette un voile immense,
Il les anéantit, les couvre de son sang.
« Fidèle serviteur ! dit-il, pour récompense,
Dans mes parvis sacrés entrez et prenez rang. »
Dévoilant du méchant l'infâme turpitude,
Aux yeux de l'univers il met à nu son cœur ;
A ses propres regards peint son ingratitude,
La force à prononcer son arrêt de malheur.

Sous les pieds du coupable il entr'ouvre l'abîme ;
Le criminel maudit, dans les feux disparaît ;
Par l'éternel supplice, il expie en victime
De son mépris de Dieu l'exécrable forfait,

L'ÉGLISE.

Mais en montant au ciel il laissa son Eglise,
Ce Jésus qui pour elle était venu mourir?
A qui donc sa conduite a-t-elle été commise?
Qui la préservera du danger de périr?

Jésus la confia cette épouse fidèle,
Aux pasteurs vigilants que pour elle il sacra :
Son vicaire ici-bas la prend sous sa tutelle,
Un Evêque en tous lieux la représentera,

Me définiriez-vous ce qu'on nomme l'Eglise ?

C'est la société des chrétiens réunis ;
Aux pasteurs approuvés elle est en tout soumise.
Ses membres sur le globe entier sont répartis.
Du Sauveur mort pour nous c'est la fidèle Epouse :
Sur le mont du Calvaire elle sort de son cœur.
Là ce Sauveur mourant la choisit et l'épouse ;
De son amer calice il veut lui faire honneur.

Et quels sont les pasteurs que Jésus autorise ?
Moi qui suis ignorant puis-je les distinguer ?

Le Pape est le premier des pasteurs de l'Eglise,
Du Christ il tient la place et sur nous doit régner.
Sous son autorité se rangent les Evèques!
Ils sont ses lieutenants, ses vicaires choisis,
Et même obéissant envers les archevèques ;
Leur juridiction doit les trouver soumis,
D'un diocèse entier la trop vaste étendue
Offre un labeur pénible, un immense détail ;
Ordonnance aussitôt par l'évèque est rendue :
Des pasteurs avec lui partagent ce travail.
Chacun de ces pasteurs de sa paroisse entière
Obtient la confiance et la soumission ;
Mais le curé lui-même à l'évèque défère ;
Tel est l'ordre constant de la religion :
L'anneau dans cette chaîne avec l'anneau s'enlace ;
Le docile troupeau se soumet au pasteur ;
Du Pape au desservant, tout nous montre la trace
Que, pour gagner le ciel, nous laissa le Sauveur.

Mais ne puis-je, à mon gré, croire à plusieurs églises ?
Et mon choix sur ce point, le suivre aveuglément ?

Gardons-nous à jamais de pareilles méprises :
Des plus folles erreurs c'est là le complément.
Comme Dieu, son Eglise est seule, elle est unique :
Dans son sein seulement pour nous est le salut.

A quoi reconnaît-on l'Eglise catholique
Comme étant seule vraie et de Dieu le seul but ?

Le Dieu que nous servons, vérité par essence,
Dans ses œuvres jamais n'introduisit l'erreur ;
De ces sociétés où tout est dissidence,
Evidemment ce Dieu ne peut être l'auteur.
D'un unique bercail son Epouse est l'image,
Un seul Pasteur suffit à sa direction.
Si, depuis Jésus-Christ, les morts qui, d'âge en âge,
Ont terminé leurs jours dans la religion,
Si, dis-je, à notre appel, ils prenaient la parole,
Pour nous rendre raison des objets de leur foi,
Chacun réciterait l'identique symbole
Qui, de notre croyance est la base et la loi.
Du Maître trois fois saint l'œuvre doit être sainte,
L'Epouse du Sauveur porte ce sceau divin :
Sur tous ses attributs cette marque est empreinte ;
Morale, sacrements, préceptes, tout enfin
A de la sainteté le frappant caractère.
Des miracles nombreux l'attestent en tout temps ;
On les voit s'accomplir en tous lieux de la terre ;
C'est à la sainteté qu'on connaît ses enfants.
La vérité toujours doit être universelle ;
Elle est de tous les temps, elle est de tous les lieux ;
L'erreur, enfant d'un jour, s'incline devant elle
Et rend son humble hommage à la Fille des cieux.
Sans altération l'Eglise catholique
Professe constamment la même vérité ;
Du Sauveur jusqu'à nous sa doctrine est unique,
Intacte, elle vivra jusqu'à l'éternité.
La fureur des tyrans, la mort et les supplices
N'ont obtenu jamais une soustraction ;

Violences, efforts, attaques, artifices,
Vous demeurez vaincus par la religion.
Aux envoyés du Christ remonte son Eglise ;
Les douze apôtres seuls furent ses fondateurs ;
A Dieu, par leurs travaux, la terre fut conquise,
De ce fait glorieux ils sont les seuls auteurs.
Ici reconnaissons l'Eglise apostolique ;
C'est là sa véritable et noble antiquité.
De ce trésor sans prix, dépositaire unique,
Qui lui contestera ses droits, sa vérité

Jusques à quel degré [l'homme est-il donc coupable,
Lorsqu'à la foi du Christ il se trouve insoumis !

Sa conduite est alors fortement condamnable :
Par les anges tombés son crime fut commis.
Il résiste à Dieu même il est fou, téméraire,
Il marche sur les pas des excommuniés ;
Ennemi du Très-Haut et de son sanctuaire,
Par lui du Créateur les dogmes sont niés.
Dans son âme superbe éteignant la lumière,
Il est le fils de l'ombre et de l'obscurité ;
Par la confusion poussé dans sa carrière,
Il sacrifie à tout, moins à la vérité.
Sur ce chemin pervers, par sa persévérance,
Le pécheur malheureux n'aboutit qu'à la mort,
La mort dans l'hérésie et dans l'impénitence !
Ah ! pour l'éternité plaignons son triste sort.

LE SYMBOLE DES APÔTRES.

Que doit faire un chrétien, un disciple fidèle,
Pour arriver au ciel, séjour du Roi des rois ?

Il doit se conformer à Jésus son modèle :
Respecter son symbole et pratiquer ses lois

Alors définissez ce qu'on nomme symbole.

De notre sainte foi c'est la profession.
Du Ciel pour annoncer la divine parole
Et verser les bienfaits de la religion,
Le Sauveur, parmi nous, envoya douze apôtres :
Il leur avait appris dans ses divins discours,
Qu'ils devaient s'entr'aider, s'aimer les uns les autres
Et de la charité prodiguer les secours.
Dans sa mission sainte, admirable, divine,
De la foi tout entière il leur traça le plan,
Et, pour communiquer la céleste doctrine,
Après leur divin Maître ils prirent leur élan.
Avant de se quitter, pour parcourir le monde,
Les apôtres pieux, s'étant tous réunis,
Enferment de la foi la doctrine profonde,
En douze articles nets, simples, clairs et précis.
Et c'est là le Symbole ou la marque admirable
Qui, dans tout l'univers distingue le chrétien.
Trouva-t-on jamais rien qui lui soit comparable
Chez le Juif endurci ? Chez l'aveugle païen ?

Avant de me ranger au nombre des disciples,
Ma raison veut comprendre et vous sentez pourquoi.
Que renfermant en eux les deux premiers articles,
Que doit, à leur égard, admettre notre foi ?

Je crois, dit le chrétien, je crois en Dieu le Père,
Le Maître universel, le Maître tout puissant ;
Je crois qu'il a de rien fait le ciel et la terre,
Qu'il les a, d'un seul mot, appelés du néant.
Je crois en Jésus-Christ son Verbe et Fils unique,
Nous apprend le Symbole, à l'article second ;
Par là nous admettons le dogme véridique
Attribuant au Père un principe fécond :
Nous disons autrement que ce Fils qu'il engendre
Est son unique Fils par nature et par droit.

Pourriez-vous bien aussi m'expliquer et m'apprendre
Ce qu'au troisième article on professe et l'on croit ?

Je crois que, parmi nous, le Verbe s'est fait homme.
Par l'œuvre de l'Esprit un jour il fut conçu :
Et lui le créateur du monde et de l'atome,
S'est fait chair dans le sein très-pur qui l'a reçu.
La Vierge immaculée est Mère sans souillure,
Vraiment Mère de Dieu dans son Fils bien aimé.

Du quatrième article enseignez la nature ;
Dans quel sens, â ma foi, sera-t-il résumé ?

Je crois que Jésus-Christ, condamné par Pilate,
Sous se juge souffrit, en croix voulut mourir.
Le soir avant la fête on l'emporte, on se hâte,

Dans un rocher creusé d'aller l'ensevelir.
Sur l'arbre de la croix, instrument de supplice,
Ce divin Rédempteur expia nos forfaits ;
Entre deux criminels, frappés par la justice,
Jésus meurt et du ciel fait descendre la paix.

Ma raison, jusqu'au bout, fidèle gardienne,
Prétend, à la clarté de son noble flambeau,
D'un pas ferme, assuré, suivre la foi chrétienne.

Que m'est-il révélé sur Jésus au tombeau ?

Du Sauveur immolé l'âme compatissante
En quittant son saint corps, descendit aux enfers ;
Elle alla consoler la troupe gémissante
Des patriarches morts dans les siècles divers.
Avec impatience, au centre de la terre,
Ces justes décédés attendaient le Sauveur ;
Brillant il apparaît, il brise la barrière
Qui leur fermait l'entrée à l'éternel bonheur.
Le cinquième article à nous enseigne encore
Que, pour se conformer à sa prédiction,
Dès le troisième jour, à la deuxième aurore,
De Jésus s'opéra la résurrection.

Des dogmes renfermés dans le divin Symbole,
Continuez la lettre et l'explication.

Jésus, montant aux cieux, nous bénit, nous console,
Nous ordonne de croire à son Ascension.
Au ciel il est assis à la droite du Père,
C'est là que, glorieux après ses longs travaux,

Il contemple, à ses pieds, les puissants de la terre
Et, triomphant, jouit d'un éternel repos.
Septièmement je crois que, du sein de la gloire,
Jésus viendra juger les vivants et les morts ;
Sa justice éclatant sur son char de victoire,
Aux pécheurs consternés il prouvera leurs torts :
Au grand jour il mettra les actions des justes ;
Des humbles il fera briller l'humilité
Et les établira sur des trônes augustes,
Dans les pures splendeurs de son éternité.
Je crois au Saint-Esprit, dit encor le Symbole,
Cet Esprit qui procède et du Père et du Fils.
L'Eglise, de Dieu même annonce la parole,
A l'Eglise un chrétien doit être en tout soumis ;
Je crois donc à l'Eglise et sainte et catholique ;
Ses préceptes pour moi sont des ordres divins ;
Ses dogmes vénérés sont admis sans réplique,
Je me soumets d'avance à ses moindres desseins.
Je crois que cette Eglise à ses enfants dociles,
Communique les biens dont elle a le dépôt,
Prières, sacrements, œuvres saintes, utiles :
Elle enrichit ainsi les enfants du Très-Haut.
Ses fils, du haut des cieux, nous prêtent assistance ;
Elle allège les maux de ses membres souffrants ;
Aux pécheurs repentants elle offre l'indulgence.
L'Eglise est notre Mère : Ah ! soyons ses enfants !

Dans la profession que tout chrétien doit croire,
Admettons-nous encor quelqu'autre vérité ?

Sur notre globe entier remportant la victoire,
L'enfer avait partout semé l'iniquité.
Ennemis du Seigneur, objets de sa colère,
Nos crimes de son cœur nous avaient détachés ;
Touché de notre sort, ce tendre et divin Père
Délègue le pouvoir d'effacer les péchés.
C'est à sa sainte Eglise, à l'Epouse qu'il aime
Qu'il accorde en entier ce pouvoir étonnant !
Quelque tache que Dieu reconnaisse en nous-même,
Le regret, à ses yeux, l'efface incontinent.
C'est là le contenu de l'article dixième
Dans la profession de notre sainte foi.

Et que devons-nous croire à l'article onzième ?

Du trépas les humains subissent tous la loi ;
Leur dépouille est alors confiée à la terre,
Elle est livrée en proie à la corruption ;
Or, la foi nous apprend que cette humble poussière
Attend, pour s'animer, la résurrection.
Le son de la trompette, au dernier jour du monde,
Doit citer les humains au divin tribunal ;
Tout ce qui sommeillait dans la terre et sous l'onde
Doit surgir aux accents du redouté signal.
Tous les défunts alors sortirent de la terre :
Chacun d'eux reprenant son véritable corps,
Doit entendre avec lui la sentence sévère
Que portera le Dieu des vivants et des morts ;
C'est là ce que la foi, sur ce point nous enseigne ;
De ce dogme admettons le fait aveuglément ;
Avant que l'évidence à croire nous contraigne,
A la voix qui nous parle adhérons humblement.

Quel est, enfin, l'objet de ce dernier artic'e
Qui clot de notre foi le Symbole fécond?
Pour pouvoir me soumettre en fidèle disciple,
Il convient qu'à mes yeux vous l'exposiez à fond.

Je crois, mais fermement, à la vie éternelle,
A ce bonheur sans fin qu'au Ciel, pour ses élus,
Prépara du Sauveur la bonté paternelle,
Et dont il doit, enfin, couronner leurs vertus.
Nous le mériterons si, d'une foi docile,
Nous avons adopté le Symbole pieux,
Et si nous observons ce code si facile
Qu'a bien voulu, pour nous, tracer le Roi des cieux.

LA LOI DIVINE.

Les dogmes adoptés, je dois, avec justesse,
Connaître de la loi la pratique et le sens.

Dix préceptes empreints d'amour et de sagesse
Effacent des mortels tous les codes puissants ;
Telle est, entre nos mains, de Dieu la loi suprême :
Son observation rend un homme parfait !
« Je suis, dit le Seigneur, le seul vrai Dieu qu'on aime
Et ce commandement c'est moi qui vous l'ai fait.
Vous m'adorerez seul ; je veux seul votre hommage ;
Jamais à d'autres dieux vous n'offrirez d'encens ;
Ils sont tous du démon les impures images,
Faites monter vers moi vos vœux reconnaissants.

Vous n'abuserez point de mon nom redoutable,
Je ne vous permets pas de le jurer en vain.
Evitez du serment un emploi condamnable :
L'inutile, le faux, le téméraire enfin
Sont rigoureusement punis par ma justice.
Gardez fidèlement les vœux faits au Seigneur,
Leur violation mérite le supplice
Et du feu de l'enfer la terrible rigueur.
Je vous donne six jours, dans ma miséricorde,
Pour pouvoir librement vaquer à vos travaux ;
Mais, satisfaits du temps que ma loi vous accorde,
Observez avec soin le jour de mon repos.
Gardez-vous bien alors de toute œuvre servile :
A mon culte ce temps doit être consacré ;
Priez, louez mon nom, et de mon Evangile
Lisez à l'ignorant quelque texte sacré.
Aux auteurs de vos jours rendez obéissance :
De moi directement vient leur autorité ;
Aimez-les tendrement, prêtez-leur assistance
Dans leurs peines, travaux, vieillesse, pauvreté.
Pour l'observation de cette loi si chère
J'aime à récompenser, même dès ici-bas ;
L'enfant qui l'accomplit vit longtemps sur la terre,
Les chagrins dévorants ne l'approcheront pas.
Gardez-vous de jamais commettre un homicide :
Sur la vie et la mort seul je garde des droits ;
Je serai le vengeur de l'opprimé timide ;
Les pauvres, à mes yeux, sont les égaux des rois.
Ne frappez, n'insultez, ne maudissez personne :
Je tiens pour fait à moi ce qu'on fait au prochain.

Maudit celui par qui le scandale se donne,
Son âme répondra de l'œuvre de sa main.
Ne dérobez jamais le bien de votre frère,
Même je vous défends de le lui convoiter ;
Ne gardez point chez vous du pauvre le salaire,
Faites le poids loyal à qui vient acheter.
De votre propre bien secourez l'indigence ;
Dans les feux éternels vont les durs opulents :
Mais un verre d'eau froide aura sa récompense,
S'il se donne en mon nom à l'un des mes enfants.
Soyez chastes de corps, soyez purs dans vos âmes ;
Au vice abominable opposez tous les freins ;
Celui qui, dans son cœur nourrit d'impures flammes
Est coupable à mes yeux, car je sonde les reins.
Gardez-vous de jamais rendre un faux témoignage ;
Je ne suis caution que de la vérité.
Evitez le mensonge et, comme le jeune âge,
Vivez dans l'innocence et la simplicité.
Fuyez la calomnie, elle encourt ma vengeance
Et je la punirai du supplice éternel ; .
Ne vous permettez point non plus la médisance,
Mais n'ouvrez votre cœur qu'à l'amour fraternel.
En un mot, aimez Dieu par-dessus toute chose ;
Puis, autant que vous-même aimez votre prochain. »

— Je comprends cette loi, j'en pénètre la cause :
Pour arriver à Dieu c'est le plus court chemin.
Mais, devrai-je observer les ordres de l'Eglise ?
Peut-elle, à mon égard, promulguer quelque loi ?

— Notre âme, par Jésus, lui fut en tout soumise,
L'Eglise est notre Mère et Jésus notre Roi :
Elle a tracé, pour nous, six principaux préceptes ;
Ses écrits par l'Esprit divin sont inspirés :
Chrétiens, malheur à toi si tu ne les acceptes ;
Sur toi d'un Dieu vengeur les glaives sont tirés.

Des six commandements que l'Eglise nous trace
Aux yeux de ma raison reproduisez le sens.

Si du Seigneur pour nous l'Eglise tient la place,
Nous devons à sa voix nous rendre obéissants :
De la religion sanctifiez les fêtes,
Leur profanation, pour l'âme c'est la mort,
Du monde et de l'enfer redoutez les tempêtes,
Fuyez en ce saint jour leur criminel abord.
De la sainte oraison pratiquez l'exercice,
Comme aux jours de dimanche allez, dévotement,
Humblement, assister au divin sacrifice ;
Sans de graves raisons n y manquez nullement.
Pour obtenir de Dieu pardon de votre offense,
Allez à son ministre une fois l'an au moins,
Confessez-lui vos torts et, par la pénitence.
Le Seigneur désarmé, vous rendra tous les soins.
Par un excès d'amour le Sauveur adorable
Veut se donner à nous sous forme d'aliment ;
Sans y manquer jamais, de la divine table
Approchez-vous du moins à Pâques humblement.
Chacun de nos péchés doit subir une peine ;
Et satisfaire ainsi le Seigneur offensé ;

Le chrétien doit à Dieu satisfaction pleine,
S'il veut un jour au ciel être récompensé :
Dans cette intention faites la pénitence,
Vigiles des saints jours, temps quadragésimal,
Observez avec soin le jeûne et l'abstinence,
Pour recevoir aux mieux le saint Agneau pascal.
Pour honorer la mort du Maître de la terre,
De chair le vendredi sachez vous abstenir ;
Le lendemain encore à l'honneur de sa Mère,
Et vous verrez un jour pour vous le ciel s'ouvrir.

LA MARQUE DU CHRÉTIEN.

Quelle est donc du chrétien la marque distinctive ?

Cette marque est, pour tous, le signe de la croix :
Dès les siècles premiers la prudence craintive
N'osait interroger les chrétiens de la voix :
Les désigner, c'était les vouer au supplice :
La terre était alors couverte d'échafauds ;
Pour tromper des tyrans l'implacable malice
Il fallait inventer quelques moyens nouveaux,
Et les chrétiens entr'eux voulant se reconnaître,
Traçaient sur eux la croix ; à ce signe sacré,
Instrument de la mort de Jésus leur bon Maître,
Les frères se groupaient dans un lieu retiré.
Il se perpétua, ce signe vénérable,

Et devint, pour l'enfer un objet de terreur ;
Il fut pour le chrétien une arme redoutable
Qui vainquit des démons l'implacable fureur.

En retraçant sur moi ce signe salutaire,
Quels intimes pensers me doivent occuper ?

C'est de la Trinité l'adorable mystère
Dont le doux souvenir vient d'abord nous frapper.
Lorsque nous invoquons, dans cet acte sublime,
Le Père, son saint Fils et le divin Esprit,
D'ineffables pensers ces mots sont un abîme,
Et le signe sacré que sur soi l'on décrit
De la Rédemption rappelle la mémoire ;
Du Sauveur mis en croix peint le drame sanglant :
Ce pieux souvenir de Dieu redit la gloire
Et répand, dans notre âme, un espoir consolant.

Du signe de la croix quel sera l'avantage ?
Que nous sert-il sur nous de le former souvent ?

Nous devons fréquemment sur nous en faire usage,
Il est, pour le chrétien, d'un secours important :
Aux yeux du Tout-Puissant c'est une humble prière,
Un de ces traits ardents venant blesser son cœur :
C'est notre bouclier dans la terrible guerre
Que nous fait essuyer l'ennemi ravisseur..
Au début de chacun de nos saints exercices,
Avec respect formons le signe de la croix.
Sa vertu de Satan trompe les artifices

Et plus pure vers Dieu s'élève notre voix.
Quand la tentation survient et nous éprouve,
A l'instant, avec foi, de ce signe armons-nous ;
Soudain descend des cieux la grâce qui nous couvre,
Nous échappons aux traits de l'ennemi jaloux.

LA GRACE.

— Je prétends pratiquer la vertu par moi-même,
Et par ma propre force éviter le péché ;
De Dieu fidèlement suivre la loi suprême,
A mes devoirs, enfin, demeurer attaché.

— Par lui l'homme n'est rien qu'impuissance et faiblesse,
Il ne peut que faillir et non se relever ;
Il faut, que, de son Dieu la grâce et la sagesse,
Par leur concours puissant, l'aident à se sauver.

— Par cette expression que devons-nous entendre ?
Que fait, à notre égard, la grâce du Seigneur ?

Ce secours tout-puissant que le Ciel fait descendre,
De nos efforts pieux adoucit la rigueur.
La grâce est, dans nos cœurs, d'abord sanctifiante :
C'est lorsque du Seigneur nous sommes les amis,
Qu'exempte de péché, notre âme est innocente ;
Qu'au Ciel nous méritons, à la mort d'être admis.
Le plus souvent en nous la grâce est actuelle :
Nous la sentons ainsi qu'un pieux mouvement ;
Aux périls du péché nous échappons par elle ;
A pratiquer le bien elle aide constamment.

6

Au juste, au criminel la grâce est nécessaire,
Sans elle du péché nous ne pouvons sortir ;
Pour le salut, sans elle, on ne saurait rien faire :
C'est à la grâce, enfin, que tout vient aboutir.

— Lorsque nous remportons, par elle, une victoire,
Ou que nous pratiquons un acte vertueux,
A notre nom, sans doute, il revient quelque gloire ?

— Gardons-nous à jamais de cet acte orgueilleux :
La gloire est à Dieu seul, à sa bonté suprème ;
C'est son divin secours qui vient nous délivrer ;
Dieu mérite, en retour, qu'on l'adore et qu'on l'aime.

— A la grâce de Dieu faut-il coopérer ?

Il faut la seconder de l'ardeur de notre âme ;
Nos infidélités en tarissent le cours :
— Quand de la charité le doux feu nous enflamme,
Ardemment nous prêtons à la grâce concours.

LA PRIÈRE.

— Par quels moyens du Ciel recevrai-je la grâce ?

— La prière fervente et tous les sacrements
Sont les divers canaux par lesquels elle passe,
Pour venir de notre âme aider les mouvements.

— Que dois-je entendre ici par le nom de prière ?

— La prière est, vers Dieu l'élan de notre cœur ;
Notre âme, à ce Dieu bon, demande la lumière
Et, de ses dons divins, la céleste saveur.
L'oraison de la voix prend le nom de vocale ;
Le cœur incessamment la doit accompagner ;
Mais seule, vers le Ciel, la prière mentale,
Par sa propre excellence, a droit de s'élever.
A l'oraison du cœur, à celle de la bouche,
Nous devons réunir certaines qualités :
Ce qui plaît au Seigneur, surtout ce qui le touche,
C'est de voir le mortel sensible à ses bontés :
L'oraison doit en tout être reconnaissante.
Sans feinte, humble et soumise aux décrets du Seigneur,
Commune très-souvent, toujours persévérante,
Confiante et surtout empreinte de ferveur.

— Pourquoi préférez-vous, qu'en ce saint exercice,
Les mortels, pour prier, s'assemblent en commun ?

— De la Divinité c'est le plus cher délice :
Plus abondants ses dons descendent sur chacun.
Avec zèle en commun assistons aux offices ;
Prions ainsi, prions le matin et le soir ;
Qu'aux saints élans vers Dieu, qu'aux divins sacrifices
Notre âme constamment mette tout son espoir ;
Prions surtout au nom du Sauveur adorable :
De ses dons, dans ce cas, Dieu ne peut nous priver ;
Il donne aux cœurs unis un succès immanquable ;
Jésus, au milieu d'eux promit de se trouver.

— Quelle est, à votre avis, la meilleure prière
Pour attirer de Dieu la puissante faveur ?

— C'est celle qui, par nous, se place la première
Et que nous surnommons l'Oraison du Seigneur.
Le Seigneur l'enseigna, la mit à notre usage ;
A son Père il nous dit de l'offrir en son nom ;
Jamais rien d'aussi bon, d'aussi grand, d'aussi sage
Ne fut imaginé par l'humaine raison.

— De ce produit du Ciel, de cette œuvre efficace
Pourriez-vous m'exposer le simple contenu ?

— Au début nous trouvons une courte préface,
Puis, dans un résumé clair, concis ingénu,
Je fais connaître à Dieu ma misère profonde :
« O Père, disons-nous, vous qui régnez aux cieux,
Que votre auguste Nom soit béni dans le monde ;
Amenez parmi nous son règne glorieux.
Que notre volonté si sage et si parfaite,
Comme les anges saints l'accomplissent au Ciel,
Qu'aussi par les humains, en tout elle soit faite.

Le pain de chaque jour nous est essentiel,
Nous vous le demandons, Père plein de clémence !
Pardonnez les péchés de vos fils repentants,
Comme à leurs ennemis ils pardonnent l'offense.
Ne nous livrez jamais à nos mauvais penchants.
Dans les tentations prêtez-nous votre force ;
Sauvez-nous du péché, incomparable mal ;
Que notre âme, avec lui, fasse un entier divorce.
De nos désirs ardents tel est le but final. »

— Cette oraison sublime et surtout si féconde,
A titre mérité se place au premier rang.
Pourriez-vous maintenant désigner la seconde ?

— La Vierge qu'elle honore, a, dans son chaste flanc,
Porté notre Sauveur, de Dieu le Fils unique.
L'Eglise recommande à ses enfants pieux,
La salutation que l'on nomme angélique ;
Son Auteur n'est rien moins qu'un archange des cieux.
Cet envoyé céleste à la Vierge bénie,
L'aborde en s'inclinant, par un profond respect,
Disant : « Je vous salue humblement, ô Marie! »
Et la terre avec lui s'incline à son aspect.
Le Seigneur, lui dit-il, vous comble de sa grâce,
Il emplit votre cœur et demeure avec vous ;
Celui qui doit sortir de votre illustre race,
Pour naître veut choisir votre sein chaste et doux, »
« Bénit soit à jamais le fruit de vos entrailles,
Dit sainte Elisabeth; au son de cette voix,
Mon enfant, de bonheur en mon sein tu tressailles,
Tu bénis, tu connais ici le Roi des rois. »
A ce salut céleste, à ce cri de la terre,
L'Eglise a voulu joindre une invocation :
« Sainte Marie, ô vous, de Dieu l'auguste Mère,
Employez près de Lui, votre intercession.
Vous qui mîtes au jour le Rédempteur des hommes,
Priez incessamment pour nous, pauvres pécheurs,
Dans les périls pressants où maintenant nous sommes.
Mais surtout à la mort, ah ! calmez nos frayeurs. »

LE PÉCHÉ.

Contre l'homme pécheur Dieu portant la sentence,
Pourriez-vous m'enseigner ce qu'on nomme péché ?

--- C'est à la loi de Dieu la désobéissance :
A son propre penchant notre cœur attaché,
Se révolte et résiste à son souverain Maître ;
La créature à Dieu dit : « Je n'obéis pas !
Vous voulez commander, je m'oppose à votre Être !
Je prétends à moi seul me soumettre ici-bas ! »

--- Mais il est des péchés de différentes sortes !

--- Oui, le premier péché se nomme originel ;
Des maux qu'il nous causa les nombreuses escortes
Pèsent de tout leur poids sur le pauvre mortel.
Ce péché fut commis au jardin des délices ;
Ses auteurs malheureux sont nos premiers parents :
Dans ce lieu vers le Ciel montaient les sacrifices
De leur sainte prière et de leur pur encens :
Dieu voulut couronner en eux l'obéissance ;
Sur d'innombrables fruits en désignant un seul ;
D'y toucher, d'en manger, il leur fit la défense,
Sans quoi la mort sur eux étendrait son linceul.
Mais l'orgueil l'emportant, joint à la gourmandise,
Ils mangent de ce fruit pour s'égaler à Dieu ;
Ils comprennent trop tard leur fatale méprise,
Leur Auteur offensé les chasse de ce lieu.
Ils vont pleurer leurs torts sur la terre maudite,

Par de rudes travaux ils gagneront leur pain.
Avec ces deux mortels, par le Ciel est proscrite
La génération qui viendra de leur sein.
Ils seront avec eux plongés dans l'ignorance ;
Leur cœur devra lutter contre la pente au mal ;
Leurs jours se traîneront dans l'amère souffrance.
La mort les frappera de son glaive fatal.
Tel est notre début, tel est notre esclavage,
Tel est, à notre égard, le crime originel.
Le second, qui de l'homme est le triste apanage,
Lui-même en est coupable, on le nomme actuel.
En deux classes encor ce péché se divise :
L'un plus grave est mortel et l'autre est véniel ;
De plein gré le premier dans le mal s'autorise,
L'homme qui le commet perd tous ses droits au Ciel
Par ce crime odieux la mort frappe son âme,
Il se rend aussitôt l'ennemi de son Dieu,
Du supplice éternel il mérite la flamme.
Au péché véniel cette mort n'a pas lieu :
Il est atténué par la faible matière,
Ou bien la volonté ne consent qu'à demi,
Mais de Dieu, pour nos cœurs, l'affection s'altère ;
Plus faiblement dès lors il reste notre ami.

— N'est-il pas des péchés plus graves par eux-mêmes ?
Comment les nomme-t-on ? Combien en comptez-vous ?

--- Par nature souvent ces péchés sont extrêmes ;
Nous en découvrons sept ; ils naissent avec nous:
Des péchés capitaux la fatale influence
Fait commettre aux humains grand nombre de délits ;

Nous devons les combattre avec persévérance,
Dans ce but, de nos cœurs toujours sonder les plis.

— Veuillez me désigner pour pouvoir les exclure,
Ces délits trop féconds ou péchés capitaux.

— Le premier c'est l'orgueil, cette coupable enflure
Qui nous fait mépriser et fouler nos égaux.
Pour nous en corriger, par une humble prière,
Nous devons implorer l'adorable bonté,
Considérer souvent notre propre misère :
C'est par là qu'en nos cœurs entre l'humilité.
L'ignoble passion que l'on nomme avarice
Est en nous le second des péchés capitaux ;
Oubliant nos devoirs pour un vil bénéfice,
Nous n'avons qu'un seul but : trésors et capitaux.
Aux richesses Jésus a lancé l'anathème ;
Aimons de l'indigence et l'aspect et l'effet :
Dans les pauvres souffrants c'est le Seigneur qu'on aime;
Il tient pour fait à lui tout le bien qu'on leur fait.
Le troisième péché se nomme la luxure :
C'est le plaisir charnel qu'il nous fait rechercher ;
Fuyons jusqu'au nom seul de l'horrible souillure;
Au plaisir chaste et pur sachons nous attacher.
Par quel nom flétrissant stigmatiser l'envie,
Le quatrième vice ou péché capital :
Des antres infernaux sortit cette furie
Dont le bonheur d'autrui fait le souverain mal!
De la bénignité, de l'amour de nos frères
Faisons notre plaisir, nos plus pressants besoins;

Quand, pour le bien commun, ô mortel! tu défères,
Tu deviens de ton Dieu l'objet de tous les soins.
Au cinquième rang on voit la gourmandise
Entraînant son vaincu dans des excès honteux :
En despote odieux son palais le maîtrise,
Les seuls plaisirs du goût peuvent le rendre heureux
Opposons, à ses traits, la sage tempérance ;
Du jeûne du Sauveur sachons nous souvenir ;
Soyons sobres en tout, nous aurons l'assurance,
Aux cieux, avec les saints, de régner, de jouir.
Voyez-vous bouillonner la colère imprudente ?
Des péchés capitaux c'est l'un des plus hideux ;
Téméraire, insensée, altière, violente,
Elle semble attiser de l'enfer tous les feux :
C'est un torrent fougueux couvrant tout de ravages ;
Son aveugle raison ne sait rien consulter ;
Conseils religieux, observations sages,
L'inepte passion ne veut rien écouter.
Pour échapper aux traits lancés par sa démence,
Prenons le bouclier offert par le Sauveur :
Dans son cœur, tout divin, puisons la patience,
Humblement, constamment pratiquons la douceur.
Avec ardeur fuyons l'indolente paresse ;
Des vices elle est mère et les engendre tous ;
Du labeur ce dégoût vil et plein de bassesse
Nous éloigne et du Ciel attire le courroux
Chérissons le travail ; en douceurs il abonde ;
Le démon craint en nous l'utile activité :
Ses efforts véhéments, ses courses dans le monde,
Tendent à propager la molle oisiveté.

— A l'égard du péché que dois-je me prescrire ?

— Mortel ou véniel nous devons l'éviter :
Quand les biens les plus grands qui se puissent décrire
Du moindre des péchés devraient tous résulter,
Le Seigneur nous défend de vouloir le commettre :
L'offense, à son égard, est le souverain mal ;
Le Dieu de sainteté ne la peut donc permettre :
Fermement adoptons ce principe final.

DES VERTUS THÉOLOGALES.

— Qu'entend-on par ces mots : vertus théologales ?

— On entend trois vertus, bases du cœur chrétien.
Dans le christianisme elles n'ont point d'égales :
Sans elles, pour les cieux on ne fait aucun bien.

— Nommez-moi ces vertus et je désire apprendre
D'où vient la qualité qui les fait remarquer.

— Le mot théologale est pour nous faire entendre
Le but immédiat qui doit les occuper :
Dieu même est leur objet, c'est donc sa Providence
Qui veut, pour notre bien, les graver en nos cœurs.
Les noms de ces vertus sont la Foi, l'Espérance,
Enfin la Charité : Ce sont trois nobles sœurs.

— La foi, qu'en les nommant vous placez la première,
Qu'est-elle et, dans le cœur, qu'elle est sa fonction ?

— La foi, ce don du Ciel, à la raison si fière,
Impose du Seigneur la révélation :
Par elle nous croyons la vérité suprême,
Notre esprit sé soumet, il adhère humblement :
Des mystères divins éludant le problème,
Sans chercher à comprendre il les croit fermement.

— Contre la foi quand donc nous rendons-nous coupables?

— C'est lorsque nous nions quelque dogme sacré,
Lorsque nous omettons, si nous sommes capables,
De défendre l'honneur du Symbole attaqué ;
Nous y manquons encor, lorsque, par négligence,
Des vérités de foi nous sommes ignorants.

— Pourriez-vous m'expliquer ce qu'on nomme Espérance?

— Cette aimable vertu des cœurs persévérants,
C'est l'un des plus beaux dons que Dieu fit à notre âme,
Elle est la confiance aux bontés du Seigneur;
Par elle, avec ardeur, la prière réclame ;
Dans les cuisants revers elle soutient le cœur;
Dans la tentation elle entrevoit la grâce,
De son lointain exil elle aperçoit le Ciel,
Son regard le convoite et jamais ne se lasse :
Dieu m'éprouve, il est bon, c'est là l'essentiel.

— Sur quoi dois-je fonder la vertu d'espérance?

— Sur l'extrême bonté du Dieu qui la prescrit,
Sur son amour pour nous, sur sa toute-puissance,
Sur le prix infini du sang de Jésus-Christ.

— Le chrétien pourrait-il jamais pécher contre elle ?

— Il le peut et souvent par des faits opposés.

— Quoi ! l'on peut abuser d'une faveur si belle !
Comment, à ce malheur, sommes-nous exposés ?

— On pèche par l'excès d'un espoir téméraire ;
Cet insolent délit, c'est la présomption ;
Le mortel orgueilleux en ses forces espère
Au lieu de s'appuyer sur la religion.
Le Seigneur courroucé le livre à sa faiblesse,
Le privant du secours dont il veut se passer,
Et du présomptueux la profonde détresse
A recourir au Ciel vient enfin le forcer.
Ou bien dans son péché l'insensé persévère :
Sur la bonté divine il fonde son espoir,
De revenir à Dieu constamment il diffère,
Pour cela, de sa vie, il attend jusqu'au soir ;
Mais que lui dit de Dieu la justice inflexible ?
« Je vous ai recherché dans vos nombreux détours ;
A vos cris je rendrai mon oreille insensible
Et, dans votre péché, vous finirez vos jours. »
Cet autre du Seigneur outrage la clémence,
Pour son crime il ne veut attendre aucun pardon ;
Dans le regard d'un Père il ne lit que vengeance,
Il ne voit qu'un tyran dans son Maître si bon.
Ah ! d'un délit si grand ne souillons point notre âme ;
C'est faire au Rédempteur un outrage sanglant !
Pour nos iniquités c'est son sang qui réclame ;
D'amour son divin cœur envers nous est brûlant.

— Par le mot Charité, que devrai-je comprendre

— Cette douce vertu, du Ciel don précieux,
Fait le plus grand bonheur d'un cœur sensible et tendre
Et lui donne, ici-bas, en avant-goût des cieux :
De son suave abord s'éioigne la querelle,
Du cœur qui la possède elle bannit le fiel,
Elle allume, en son sein, la flamme fraternelle,
De sa bouche on ne voit découler que le miel.
Elle fait aimer Dieu par-dessus toute chose ;
Ne doit-il pas toujours être à tout préféré ?
N'est-il pas, de tous biens, le principe et la cause ?
N'est-il pas le trésor ineffable, sacré ?

— Mais quels sont nos motifs d'aimer l'Être suprême ?

— Nous le devons aimer puisque seul il est bon:
Le premier, de tout temps, il nous aima lui-même,
Nous offrit son amour ainsi qu'un riche don :
Il est notre seul bien, notre unique richesse,
Il nous prodigue à tous ses généreux bienfaits :
Peut-on, par plus d'amour, mériter la tendresse ?
Notre cœur craindrait-il de l'aimer à l'excès ?

— De ce divin amour indiquez-moi les signes.

— Lorsqu'à la loi de Dieu nous nous montrons soumis,
Quand nos pensers fréquents et de nous les seuls dignes
Sont, pour ce Dieu clément, les meilleurs des amis,
Quand nous nous éloignons de tout ce qui l'offense,
Quand sa gloire est l'objet de nos constants efforts,
Quand nos actes nombreux sont faits en sa présence,
De notre amour pour lui nous sentons les transports,

— Dieu, par la charité qu'il commande à notre âme,
Borne-t-il le devoir à son unique amour ?

— Il allume, en nos cœurs, une seconde flamme
Qui, sans se ralentir, doit brûler nuit et jour ;
Il veut que le prochain qu'il fit à son image,
Nous soit cher, nonobstant ses plus saillants défauts.
Il l'acquit par son sang, c'est son plus noble ouvrage,
Peut-il à notre amour montrer des droits plus beaux ?
Nous devons le chérir tout autant que nous-même,
L'excuser, l'assister selon notre pouvoir,
Procurer son salut avec un zèle extrême,
C'est là, pour le chrétien, un rigoureux devoir.

— Sous le nom de prochain que devons-nous comprendre ?

— Par-là nous entendons tous les enfants de Dieu,
Même à notre ennemi cette loi doit s'étendre ;
Il faut lui pardonner et l'aimer en tout lieu.

— Mais cette charité vraiment théologale,
Aux deux autres vertus, ses excellentes sœurs,
Est-elle, à tous égards, parfaitement égale ?

— Nous devons lui donner préférence en nos cœurs,
Des trois assurément elle est la plus parfaite :
L'Espérance et la Foi débutent dans le temps ;
Quand nous aurons du Ciel, enfin, fait la conquête,
Ces vertus ne sauraient exister plus longtemps.
Mais, pour la Charité si pure et toute belle,
Autant que Dieu lui-même elle a vécu de jours :

Il s'aima de tous temps, elle est donc éternelle
Et, dans le Ciel, enfin, elle vivra toujours.

— De ces grandes vertus dois-je former des actes ?

— Chrétien, oui, souviens-toi de ce point important :
Cette habitude heureuse, ah ! si tu la contractes,
T'acquerra, pour le Ciel, un mérite éclatant.
Il faut multiplier ces actes salutaires
De crainte, qu'au grand jour, quand nous serons cités,
Pour avoir négligé des points si nécessaires,
Loin du Ciel nous soyons, par Jésus, rejetés.

LES SACREMENTS.

— Par quels moyens puissants, généreux, invisibles,
Le Seigneur, jusqu'à nous, fait-il couler ses dons ?

— C'est par les sacrements ou les signes sensibles
Que, pour notre salut, il rendit si féconds.
Ces sept nobles canaux nous amènent la grâce ;
Ils la font, sur nos cœurs, pleuvoir abondamment :
Dans nos besoins divers, même dans la disgrâce,
Nous recevons par eux, secours, soulagement.

— En me les indiquant, me feriez-vous connaître
Le bien que chacun d'eux apporte dans nos cœurs?

— Le baptême établi par notre divin Maître,
De la grâce du Ciel nous verse les douceurs

Il efface dans nous la tache originelle,
Nous fait enfants de Dieu, nous ouvre ses trésors,
Nous redonne nos droits à la gloire éternelle,
Pour le salut, il rend fructueux nos efforts.

— Du crime originel la tache déplorable
Disparaît-elle seule en ces limpides eaux ?

— Le criminel contrit, fut-il un grand coupable,
Toujours immaculé sort des fonts baptismaux.

— Le baptême, à notre âme, est-il bien nécessaire ?

— Il est indispensable, il est essentiel.
Sans lui, pour le salut nous ne saurions rien faire,
Sans lui désespérons d'avoir accès au Ciel.
L'Eglise, à cette fin, donne à toute personne,
Le droit de baptiser dans la nécessité :
Dans ce cas important, le mortel qui le donne
Nomme, en versant de l'eau, la Sainte Trinité.

— Ce sacrement pour nous étant indispensable,
N'est il aucun moyen d'en suppléer l'effet ?

— Dans sa grande bonté notre Maître adorable,
A tous ses autres dons veut joindre ce bienfait ;
Le désir véhément qu'on ne peut satisfaire,
Au rapport de l'Eglise à notre âme en tient lieu ;
La mort, pour notre foi, peut en quelque manière
Baptiser dans le sang une âme devant Dieu.

LA CONFIRMATION.

--- Du second sacrement me pourriez-vous instruire ?

Le second, pour Auteur encore à Jésus-Christ ;
Lorsqu'il l'institua ce Sauveur vint nous dire :
Recevez et ma paix et le divin Esprit.
C'est donc là le doux fruit, le résultat sublime
Qu'opère dans les cœurs, la Confirmation ;
Le chrétien est vainqueur d'un monde qui l'opprime,
Il souffre, avec bonheur, pour la religion.
L'Esprit-Saint, fruit d'amour et du Fils et du Père,
Vient embraser notre âme et de ses dons l'orner.
Mais, pour qu'au cœur chrétien, ce sacrement prospère,
La disposition surtout doit précéder :
Pour l'âme qui l'approche il faut l'état de grâce.
C'est l'un des sacrements que l'on donne aux vivants
Et du cœur l'Esprit-Saint vient occuper l'espace,
Lorsque, pour l'attirer, les désirs sont ardents.

— Pour parvenir au Ciel est-il indispensable ?

— Sans pécher gravement on peut s'en dispenser,
Mais sa privation pour nous est déplorable :
Aux bienfaits les plus grands il faudrait renoncer.

— D'un sacrement si grand la réception sainte
Est-il libre à chacun de se la retirer ?

Spirituellement il nous laisse une empreinte
Qu'en notre âme le temps ne saurait altérer :

6*

Le Baptême, sur nous, forme ce caractère ;
L'Ordre une fois reçu, reluit également,
C'est de là que provient la défense sévère
D'administrer deux fois l'auguste sacrement.
Pour nous le conférer l'évêque est seul ministre :
Du signe de la croix il marque notre front,
Appelle l'Esprit-Saint qui jamais ne résiste,
Quand le désir est vif et le respect profond.

L'EUCHARISTIE.

— Le troisième, enfin, que donne-t-il à l'âme ?

— Il est pour l'âme pure un divin aliment :
Pour nous, du sacré cœur, s'élevait une flamme,
Le Sauveur nous portait un amour véhément :
Sur le point pour toujours d'abandonner la vie,
Il pensait au moyen de rester avec nous.
Dès lors, instituant la sainte Eucharistie,
Sous un pain qui n'est plus il vient nous nourrir tous.
Acceptons de sa main l'adorable breuvage ;
Le vin qui, par son ordre, est devenu son sang.
Des cieux, dans ce présent nous recevons le gage.
Par lui l'homme s'élève, arrive au premier rang.

Nous, humains malheureux et pécheurs que nous sommes,
A recevoir ce pain pouvons-nous aspirer ?

Le désir de Jésus est de nourrir les hommes,
Avec eux constamment il voudrait demeurer.

Dans nos infirmités, non, rien ne le rebute :
« Du malade, dit-il, je suis le Médecin ;
Je ne suis pas venu pour appeler le juste ;
Que le pécheur contrit accourre sur mon sein.
A vivre parmi vous je trouve mes délices,
Prenez, mangez ma chair, et tous buvez mon sang. »
Et l'Eglise en son nom, nous montre les supplices
Si, dans ce doux banquet, nous ne prenons un rang.

— Mais, avant d'aborder ce festin adorable,
Que doit faire un chrétien pour s'y bien préparer ?
L'homme avant d'approcher de la divine table,
Doit descendre en son cœur, afin de l'éprouver :
C'est au Dieu tout-puissant qu'il va donner asile ;
De ce sang, de ce corps, il doit répondre un jour ;
Qu'à l'invitation il se rende docile,
Et qu'il offre, à Jésus, l'encens d'un pur amour.

— A l'espèce du pain que reçoit le fidèle
Doit-il unir aussi le breuvage divin ?

— Jésus, de tout chrétien l'adorable modèle,
Donna son corps caché sous le pain et le vin ;
Se conformant à lui, longtemps l'Eglise sainte,
Aux fidèles ainsi le fit distribuer ;
Des accidents fréquents la légitime crainte,
A changer son avis a dû contribuer.
Le Sauveur tout entier se trouve en chaque espèce,
L'une des deux suffit à sa réception ;
Approchons avec foi, repoussons la faiblesse,
L'Eglise a prononcé, donnons adhésion.

— Quand le prêtre a rompu l'Espèce vénérable,
Le corps de Jésus-Christ se trouve donc brisé ?

— A nos faibles regards le fait est vraisemblable,
Mais jamais du Sauveur le corps n'est divisé ;
L'accident sus-nommé n'atteint que l'apparence,
Sous chacun des fragments Jésus-Christ reste entier ;
Admirons son amour, adorons sa puissance,
La nature, à sa voix, doit céder et plier.

— Le corps, participant à ce divin mystère,
A sa manière aussi doit-il se préparer ?

— Depuis minuit, du moins, dans un jeûne sévère,
Par un profond respect il doit persévérer.
L'ordre, la propreté, l'extérieur modeste
Doivent se remarquer dans tous ses vêtements ;
Le maintien recueilli, la piété céleste,
Doivent frapper les yeux dans tous ses mouvements.
Après avoir reçu son Sauveur et son Maître,
Lentement à l'écart il doit se retirer.
Cet insigne bienfait il doit le reconnaître
Et, par un saint colloque, à son Dieu le prouver.

LA PÉNITENCE.

— Après le saint baptême à l'âme sur la terre,
Quel est le Sacrement le plus essentiel?

— Celui de Pénitence est le plus nécessaire,
Quand le péché pour nous a refermé le Ciel.

— Veuillez donc m'expliquer ce qu'est la Pénitence.

— C'est pour l'homme pécheur la planche du salut ;
Ce sacrement, Jésus le fonde en sa clémence ;
Nous regagner par lui, voilà son noble but.
Pour pardonner l'offense et nous rendre la grâce,
Quand de Dieu le péché nous a fait l'ennemi :
Lorsqu'avec le Seigneur nous sommes en disgrâce,
Ce moyen précieux nous le rend comme ami.
Il n'est aucun péché, quelque grand qu'il puisse être
Qui, par ce sacrement, n'obtienne son pardon,
Pourvu, qu'avec douleur, on le déclare au prêtre
A qui de délier Jésus-Christ fit le don.

— Quand l'homme criminel, au prêtre se présente
Pour recevoir, par lui, l'effet du sacrement,
Est-il bien assuré que l'action présente
Doit remettre son crime inévitablement ?

— Le péché n'est remis, dans ce bain salutaire,
Qu'autant que le coupable est contrit dans son cœur;

Qu'il fait, de ses griefs, l'aveu franc et sincère
Et, qu'à les réparer, se porte son ardeur.

— Mais l'aveu des péchés est donc indispensable

— Oui, Dieu lui-même a mis cette condition :
Il ne veut accorder de remise au coupable
Que s'il s'est accusé dans la confession.
L'omission d'un crime ou d'une circonstance,
Dès qu'elle est volontaire empêche le pardon,
Du Seigneur outragé provoque la vengeance
Et convertit, dès lors, le remède en poison.

— Il faut donc, à l'aveu que je fais de mon crime,
Joindre encor la douleur d'avoir offensé Dieu?

Oui, sans cette douleur, profonde et légitime,
Notre accusation ne serait plus qu'un jeu.
La douleur des péchés doit être universelle :
Sans en excepter un il faut les détester.
Dieu l'exige sincère, humble, surnaturelle ;
Avec lui le pécheur pourrait-il contester ?
A quoi lui serviraient la hauteur et la feinte ?
Et quel cas ferait Dieu d'un repentir humain ?
Il faut exécuter, sans remise et sans plainte,
La peine prononcée au tribunal divin.
Toutefois remarquons l'énorme différence
Des jugements de l'homme aux jugements de Dieu :
Les tribunaux humains prononcent la sentence,
Mais la miséricorde ici n'a jamais lieu :
L'aveu du criminel, quoiqu'entier et sincère,

N'attirera sur lui que condamnation,
Il ne saurait fléchir le juge de la terre,
Son cœur ne peut s'ouvrir à la compassion.
Il peut bien condamner, jamais accorder grâce ;
Le code est inflexible, il faut l'exécuter ;
Mais le Dieu juste et bon du pécheur prend la place ;
Sa douleur l'attendrit, il ne peut résister ;
Pour un aveu sincère il oublie une offense ;
Le pécheur repentant devient son noble ami.
Oh ! bénie à jamais soit donc la Pénitence,
Que son Instituteur, par nous tous soit béni.

— Quand sa réception pour nous est impossible,
Ce sacrement peut-il nous être suppléé ?

— Il le peut ; le Seigneur n'est jamais inflexible ;
Par lui le vrai désir est toujours agréé :
Quand la contrition dans un cœur est parfaite,
Et que, du sacrement, qu'il ne peut recevoir,
Il a le vif désir, la faveur est complète :
Dieu pourrait-il jamais confondre notre espoir ?

— Pourriez-vous m'exposer et me faire connaître
Cette contrition ou parfaite douleur !

— Pour l'homme qui la sent son Dieu n'est plus un maître,
C'est un Père adoré par l'enfant de son cœur :
Celui-ci ne voit plus les divines vengeances :
A l'esclave effrayé ce trop vil sentiment !
Il n'est non plus touché des riches récompenses

Qui devaient l'entourer à son dernier moment :
Son regard ne peut voir, dans sa douleur amère,
Que les perfections d'un Dieu plein de bonté.
Ah ! pour n'avoir jamais contristé ce bon Père,
Il choisirait le feu pour une éternité.
Ne nous étonnons plus si le Dieu de clémence
Prévient ce pénitent de ses plus riches dons.

L'EXTRÊME-ONCTION.

— D'un autre sacrement donnez-moi connaissance.

— Ses effets envers nous seront toujours féconds ;
Notre divin Sauveur dont la plus grande envie
Est, à tous nos besoins, d'apporter un secours,
Voyait avec douleur qu'au terme de sa vie,
Souffrant, abandonné l'homme sortait toujours :
Pour le fortifier au terrible passage,
Il puise, en son saint cœur, une inspiration ;
De son amour, au monde, il donne un nouveau gage,
Dans le doux sacrement de l'extrême-onction :
Sa vertu nous soulage en nos peines cuisantes,
Quand pour nous disparaît le secours ici-bas ;
Il purifie encor les âmes repentantes,
Adoucit à leurs yeux, les horreurs du trépas.
Souvent de notre corps il allège la peine,
Sa vertu quelquefois le rend à la santé,
L'âme qui l'a reçu se sent de forces pleines,
Elle entre, sans effroi, dans son éternité.

— Pour moi, dans quel moment est-il plus salutaire
D'avoir, à ce moyen, confiance et recours !

— C'est surtout pour l'instant où nous quittons la terre
Que le Seigneur Jésus nous offre ce secours;

6**

Mais il est opportun, il est de la prudence,
Lorsque nous remarquons que le corps se détruit,
De prendre ce remède en pleine connaissance ;
C'est un puissant moyen d'en tirer plus de fruit.

— De ces signes divins révélez-moi la suite,
Expliquez, jusqu'au bout, ces moyens de salut

L'ORDRE.

— Des âmes le Sauveur avait pris la conduite,
Il voulait, à jamais, viser à ce saint but :
Or, ce Dieu plein d'amour allait quitter la terre
Et laisser, ici-bas, les objets de ces soins ;
Avant de remonter dans le sein de son Père,
Il veut, à tous égards, pourvoir à leurs besoins.
Un soir, autour de lui, les douze apôtres, tristes,
De leur Maître divin écoutaient les adieux ;
En cet instant Jésus les créa ses ministres,
Il leur en conféra les pouvoirs en ces lieux :
A leurs yeux, transformant en son corps adorable,
Le pain, le vin présents, il veut les en nourrir.
Il ajoute cet Ordre auguste, mémorable,
Dont jamais aucun d'eux ne perdra souvenir :
Tout ce qu'à vos regards ici je viens de faire,
Vous le ferez de même en mémoire de moi.
C'est là le sacrement de l'Ordre qu'il confère.
Tout en l'instituant, il donne, sans émoi,
Le plus grand des pouvoirs aux plus faibles des êtres :
A leur commandement, Dieu descendra du Ciel,
Ils sacreront les Rois, consacreront les prêtres,
C'est là leur dignité; leur droit essentiel.
Un jour déjà Jésus, Fils unique du Père,
Leur avait dit : Du Ciel je vous donne les clés ;
Je lierai dans les cieux si vous liez sur terre,
Et, si vous pardonnez, j'efface les péchés.
Aux pouvoirs l'Ordre saint unit encor la grâce

Pour remplir dignement ces nobles fonctions.
Avec Dieu l'ordinant se trouvant en disgrâce,
Reçoit-il les pouvoirs et, du Très-Haut, les dons ?

Les pouvoirs sont remis aux prêtres qu'on ordonne,
La grâce est réservée aux cœurs purs et pieux ;
Les terrestres motifs elle les abandonne
Comme étant réprouvés et repoussés des cieux.

A quoi reconnaît-on lorsque le Ciel appelle ?
Les indices certains sont-ils extérieurs ?

Lorsqu'à la loi divine on est resté fidèle,
Lorsqu'on est appelé par les supérieurs,
Quand les mœurs constamment furent irréprochables,
Que les dons, les talents, les nobles qualités.
Pour remplir dignement ces emplois vénérables,
Vous sont donnés par Dieu, sans trembler avancez.
Mais ne vous enrôlez dans la sainte milice
Que pour servir l'Eglise et pour honorer Dieu.
Que l'orgueil, de ce pas, ne soit jamais complice,
De chercher les honneurs, ce n'est pas là le lieu.

Mais quels sont les devoirs que les simples fidèles
Sur ce point important sont tenus d'accomplir

Les prêtres sont pour nous des guides, des modèles :
Conjurons le Seigneur de vouloir les choisir.
A ces ministres saints rendons respect sincère :
Ils sont, à notre égard, de Dieu les lieutenants.
Ils nous montrent, du Ciel, le chemin sur la terre,
Soyons, à leur égard, soumis, reconnaissants.

LE MARIAGE.

Le dernier sacrement fondé pour notre usage,
Pourriez-vous le nommer? En parler un instant?

Le septième est l'état qu'on nomme mariage
Et que Jésus élève au rang de sacrement.
Là ce signe sacré doit fortifier l'âme :
Dieu veut bénir encor par la religion,
Cette société de l'homme et de la femme
Dont lui-même, au principe, a formé l'union.
Par ses peines d'état l'époux se sanctifie,
Patiemment du Ciel il mérite les biens ;
Il donne des guerriers, soutiens de la patrie,
Des prêtres à l'Eglise, au Ciel des citoyens.
Une chose avant tout est ici nécessaire ;
C'est, pour s'en approcher, la disposition ;
Dans le cœur doit siéger la grâce salutaire :
Des justes seulement Dieu bénit l'union.

TABLE DES MATIÈRES

Lille, imp. Ducoulombier et Cie, rue Nationale, 45.

On lit dans la *Vraie France* :

Sous le titre de *Cèdre français*, nous avons lu un recueil de poèsies chrétiennes, par un des auteurs de l'*Album pontifical*. Ce joli volume accuse une foi vive, une connaissance étendue de la religion. Il se composé de pièces nombreuses embrassant l'ensemble des mystères catholiques, et est comme un abrégé de notre croyance. Les vers ont de l'harmonie et de la correction, et à tous ces titres, nous n'avons que du bien à dire de l'ouvrage dont l'impression est fort soignée.

Le *Cèdre français* se recommande aux personnes pieuses, aux institutions et aux écoles chrétiennes, aux familles qui recherchent les lectures édifiantes. Malgré les temps difficiles que nous traversons, nous croyons au succès de ce joli livre, qui est d'ailleurs à sa deuxième édition et soigneusement revu.

LILLE

IMPRIMERIE DUCOULOMBIER ET Cie, RUE NATIONALE, 45

—

1872

www.ingramcontent.com/pod-product-compliance
Lightning Source LLC
Chambersburg PA
CBHW051815020726
47502CB00005B/1465